시간을 담은 액자

도서출판 **샤인텔**

시간을 담은 액자

| 머리말 |

자연에서 인내를 배웁니다.
책이 발간될 때쯤이면
오색 단풍이 선물같이
다가올 거라 생각합니다.

작은 액자 속에 담긴 지난 시간을
인연의 조각으로 엮어
마음의 치유를 위해 쓴 글들,
부모, 형제, 친구, 나이 듦의
자연과 다양한 테마를 통해
세대를 아우르는 감정을
일상 속 위로와 함께 다시 모았습니다.

병뚜껑으로 땅따먹기 하던 시절
그 마당 덕분에
새삼 피어오르는 추억으로
마음 밭 넓히며 책을 묶었습니다.

문학의 숲에서 만난 인연으로
아름답게 자리 잡은 날들,
때로는 아픈 이야기까지
진솔하게 나눌 수 있음에
더없이 고마웠습니다.

2025년 늦여름
지 순 옥

| 차 례 |

머리말 · 4

1부 · 11

목화송이　　　　　　　12
고향, 이랑… 심다　　　18
수원지에서　　　　　　23
첫인상　　　　　　　　28
기다림　　　　　　　　33
일주일간의 일기　　　　39
인연　　　　　　　　　45
비 오는 날　　　　　　51

2부 · 57

그 집	58
검은콩과 흰콩	63
그냥 사랑하기	69
변해야 삽니다	75
혼자보다는	81
『30년만의 휴식』을 읽고	85
검정 고무신	89
가족여행	94

3부 · 99

청산가와 골패	100
엄마는 어쩌고	106
처음 언니라고 불렀는데	111
스마트 시대	117
맛의 자서전	122
집안 모임	127
마지막 길목에서	132
시간을 담은 액자	136

4부 · 141

문 좀 열어 주소	142
17년간의 동행	148
요양원의 긴 하루	154
두 할머니	158
끝과 시작	162
〈소양강 처녀〉	168
코로나19와의 동침	173
아흔살 할머니	178

5부 · 185

느낌의 차이	186
건망증이라고 하기는	191
아직은	196
짧은 순간	202
섬 속에 섬	208
명품	213
청량사 하늘다리	217
그 방에 가면	223

1부

목화송이

고향, 이랑… 심다

수원지에서

첫인상

기다림

일주일간의 일기

인연

비 오는 날

목화송이

초가을 목화가 하늘로 소풍이라도 갔을까. 군데군데 떠있는 하얀 목화송이 닮은 뭉게구름을 우러러보니 눈이 부신다. 한낮에 지쳐있을 즈음 하얗게 핀 목화송이는 잠깐이나마 평온함을 안겨 준다. 그윽하여 포근하게 안기고 싶었던 그 목화송이가 구름으로 변하여 내게 다가온다.

우물가 나팔꽃이 아침을 상징하는 꽃이라면, 목화는 저녁을 상징하는 꽃이다. 나팔꽃은 아침에 피었다가 저녁에 씨알을 씨받이에 채워놓고 한해를 마감한다. 감쪽같이 사라진 나팔꽃을 까마득히 잊었다 싶으면 이듬해 봄 여차 없이 우물가 한 곳에서 새싹이 돋아난다. 기지개 켜는 봄날을 알려준다. 그렇게 싹 틔운 나팔꽃은 여름을 지키다 사라졌다가 돌아오기를 반복했다.

 장미를 보호한다고 부산을 떨던 때가 엊그제처럼 여겨진다. 산등성 위로 떠있는 구름은 보리타작하던 시절을 업고 살며시 지나간다. 보리타작은 울타리에 핀 여름 장미꽃을 마구잡이로 가두었다. 불청객 아닌 불청객이었다. 보리검불이 수북하게 쌓이고 쌓였다. 털어 내렸다. 보리검불 속에 갇힌 장미를 구하다가 보리수염이 내 목덜미에 붙었다. 가려웠다. 목덜미를 긁고 긁었다. 보리꺼죽으로 둘러쓴 장미가 애처롭던 계절. 보리타작이 끝나면 장미축제도 끝난다. 한잎 두잎 떨어지는 장미도 이별을 주워 담고 떠나버린다.

 목화는 여름 초입에 꽃을 피운다. 장미와 목화의 공통점은 비슷한 시기에 꽃 피운다는 것이다. 당산밭 목화 꽃잎에 관심을 둔 것은 미색인 듯 연분홍인 듯 잠자리 날개 장 같은 목화가 나를 현혹해서였다. 장미는 피고 지는 계절이 따로 없다. 사시사철 볼 수 있는 꽃이지만, 목화는 재배하는 곳이 있는지도 모를 만큼 희소성의 작물이 돼버렸다.

 목화는 꽃을 연중에 두번 피웠다. 일차로 핀 꽃 뒤에 달린 다래는 숙성기간이 지나고 이차 꽃을 맞이

한다. 목화솜이다. 향도 없고 아주 깔끔한 솜으로 피어나는 목화는 이름에서부터 꽃을 상징하고 마주한다. 열매가 열리고 다시 목화를 피우는 좋은 식물인데 요즘은 보기조차 어렵다.

 목화는 밋밋한 꽃잎 하나만으로 만족하기에는 따분하다. 가을을 연상하고 겨울을 기다려 봐야 한다. 여름에 생각하면 무상의 꽃이다. 작은 다래만 보고 그 어떠한 꽃 그림도 연상하게 두지 않는다. 목화하면 두껍고 투박한 무명옷이 그려질 뿐이다. 한해 씨앗으로 무리의 방점을 찍는 단순한 꽃들과 다르게 여정이 길다. 목화의 결실이 솜으로 재탄생하니 수명이 아주 긴 꽃이다.

 이게 다른 꽃들과 다른 위상을 지닌 꽃이라 더 우아하다. 무명을 대신하는 다른 깊이가 있을 것이라며 목화밭 사방을 짚어본다. 미색 꽃은 밋밋하고 연분홍 꽃은 우아하다. 뭉게구름을 닮은 목화는 온천지를 환하게 밝힌 만큼 폭이 넓다.

 여름이 무르익을 무렵, 목화는 수줍은 소녀 같은 꽃으로 사람의 관심을 끌고 가을에는 이슬 머금고 포근한 엄마 가슴을 연상케하는 꽃을 피운다. 첫 번째로 꽃을 신부 저고리 연분홍색에 빗대어 생각해본다.

연하면서도 아름다움이 수줍게 피어오르는 비결을 가졌다. 색깔의 가치부터 기본급을 더해준다. 우아함을 강조하는 자리에는 더 잘 어울리니 월등한 빛깔을 지녔다고 할까.

하얀 뭉게구름이 내 앞으로 가까이 오고 있다. 목화꽃들이 바래진 빛깔로 목화송이 되어 흘러가는 듯해 하나의 멋진 작품 같다. 하얀 솜이 달린 목화송이가 햇살을 받아 반짝이고, 바람에 살랑살랑 흔들리는 모습은 마치 하얀 구름이 땅 위에 내려와 쉬고 있는 듯하다. 그 풍경은 마음 놓고 쉬지 못하는 도시의 소란과는 전혀 다른, 따뜻하고 평화로운 시간이 흐르는 것 같다.

사람에 따라 색깔도 다르게 느낌을 준다. 멋지게 보이기도 하고, 열정이 식은 희멀겋게 보이기도 한다. 목화는 무명으로 정리하는 시간까지 고운 빛으로 접어야 하는 사연이라도 있을까. 이생을 마감할 때 고운 색깔이 하나도 변하지 않은 채로 진다. 그렇게 떠나고 지워지는 각각의 운명으로 또 다른 몫을 내주고 사라진다. 목화밭은 단순한 농작물이 자라는 곳 이상이었다. 그것은 사람들의 땀과 시간이 켜켜이 쌓인 곳, 그리고 자연과 인간이 함께 빚어낸 작은 기적의 현장이기도 했다.

땅을 갈고 씨를 뿌리며 애썼던 농부들의 손길이 느껴지는 듯했고, 풀 냄새와 흙 냄새가 뒤섞인 공기는 세상의 빠름과는 다른 여유를 전해주었다. 가만히 바라보면 목화송이는 하얀 솜이 퍼질 때마다 묵묵히 자라온 시간과 계절의 변화가 겹쳐 그 자체로 한 편의 이야기를 들려주는 듯했다. 목화의 부드러움과 그것을 품은 단단한 껍질, 그리고 그 속에 담긴 씨앗은 삶의 다층적인 모습과 닮아 있었다. 겉으로는 부드럽고 포근하지만, 그 이면에는 생명을 잉태하는 강인함이 존재했다.

목화밭을 바라보는 동안 나는 문득 때로는 부드럽고 따뜻한 마음으로 서로를 감싸야 하지만, 때로는 거친 세상 앞에서 단단해져야 한다는 사실을 배웠다. 목화밭은 그 두가지를 자연스럽게 공존하고 있기에. 우리에게 인내와 경이로움을 알게 해 준 목화밭은 스승이었다.

목화는 지는 그 순간에도 무명옷을 만드는 꿈을 꾼다. 목화 씨눈이 떨어지고 물레가 돌아가면 긴 문장을 이어 글을 쓰듯, 하얀 씨줄 날 줄이 되어 작품을 만든다. 몇 단계를 거치며 작업하던 그 시대는 멀어지고 기계문명이 발달하니 베틀도 쇠붙이에 밀려 점점 자취를 감추어 버렸다.

　목화밭 위로 붉은 노을이 내려앉았다. 하얀 솜들이 그 빛을 받아 한층 더 반짝거리며, 하루의 끝을 아름답게 장식했다. 나는 그 순간 목화밭이 단지 농작물이 자라는 공간이 아니라, 우리의 삶 속 소중한 순간과 마음을 담는 따뜻한 품이라는 것을 깨달았다.

　디지털 문화에 익숙하여 컴퓨터 앞에 자주 앉아 글을 쓰고 지우기를 반복한다. 이제는 기계로 익혀야 하는 일이 내 몫이 되어 머리를 굴려야 한다. 매일 천천히 자판을 두드린다. 자판을 두드리면 지우고 써야 할 글자들이 누적되어 남는다. 하나를 익히며 하나는 이미 지워지고 만다. 한 낱말을 몇번 쓰고 지웠는지? 익숙했던 종이에 글을 썼던 그때가 좋았다. 목화가 좋았던 그런 옛 시절이 그립기도 하다. 목화라 말하지 않아도 이미 잘 알려진 그 이름 뒤에 흐르는 목화 생의 여정처럼 새로운 기계문명을 받아들이며 살아가게 된다.

　가을 하늘에 뜬 하얀 구름이 뭉실뭉실 목화송이처럼 굴러간다. 목화밭에서 활짝 핀 목화솜을 뽑아내던 그 시절처럼.

고향, 이랑… 심다

여기, 주말농장에 소박한 삶의 행복이 조용히 자란다. 들깨도 심고, 고추도 심고, 가지도 심었다. 밭 이랑에 모종을 심는 순간부터 마음이 들떠 손길이 바빠진다. 오가며 따먹을 방울토마토를 심고, 아주 작은 상추 씨앗은 손에 잡히는 대로 뿌렸더니 숨이 막힐 만큼 빽빽하게 새싹이 올라왔다.

흙 위에 부서진 햇살 조각들이 반짝이고, 새싹들은 땅을 뚫고 힘껏 고개 내민다. 여러가지 채소를 보면 옛 고향 생각에 마음이 뜀박질한다. 매번 밭에서 솎아낸 새싹으로 샐러드를 만들어 식탁에 올렸다. 마트에서 사먹던 때와는 다르게 싱싱하고 깊은 맛을 느낄 수 있었다. 그 맛은 멀리 떨어진 고향을 문득 떠올리게 했다.

내 고향 하동까지는 멀어 가까운 임기 마을에 주말농장을 얻었다. 쉬는 날이면 바쁘게 오가며 고향의 정서를 옮겨 심었다. 조건은 고향의 밭과 다르지만, 채소가 주는 싱싱함과 풍요로움은 같다. 일주일에 한 번 정도 갈 수 있는 곳이지만 반복해 다니다 보니 옛날 고향의 추억이 새록새록 떠오른다. 바람결에 풀밭을 걸을 때면 내 마음도 함께 일렁이며, 유년 시절의 아름다운 자연과 더불어 자랐던 그때의 행복에 젖어든다.

흙냄새가 코끝에 스며들 때면 마치 오래된 친구가 가볍게 어깨를 두드리는 것처럼 마음이 편안해진다. 푸른 채소를 보면 마음이 요동친다. 시장에서 만난 채소는 단순한 상품으로만 보였는데 지금은 내게 특별한 존재가 되어버렸다.

어릴 적 엄마는 평생 밭일에서 벗어나지 못했다. 계절따라 바람, 비와 눈 등 다양한 기상변화 속에 남새밭의 손길은 끝이 없었다. 그 시대는 다람쥐 쳇바퀴 돌 듯한 고된 일상에 밭의 농작물들과 더불어 살았다. 엄마는 밭농사에 허리가 굽도록 쉴 새 없이 엎드렸다. 지금 주말농장의 밭일은 그때와 다르다. 풀을 매는 일도 예전처럼 힘들지 않다. 밭농사 일은 고

달프지만 취미로 시작한 주말농장은 오히려 나에게 여유를 찾게 한다. 매주 마주하는 자연의 품 안에서 잃어버렸던 나를 조금씩 되찾는다.

일주일이 지나 밭에 가면 그사이 밭 주변 풀들은 하루가 다르게 쑥쑥 자라었다. 채소마다 서로 다른 크기와 형태로 그들만의 방식이 보인다. 나름대로 자라는 법이 다르다. 밭고랑의 풀들도 주인의 손길을 기다린다. 과일이나 채소는 적당한 크기에 따라 상품 가치가 달라진다. 들깻잎은 내 마음과 달리 더디게 자란다.

가지 모종을 심어두면 어느새 고개 내민 보라빛 꽃이 인사하더니 빠르게 짙은 보라색 다발을 달고 서 있다. 마치 결혼한 새색시가 임신소식을 알려준 지 얼마 안 된 듯한데, 만삭의 모습처럼 느껴진다. 몇 그루의 고추나무도 뒤처질세라 열매가 주렁주렁 열렸다. 주말마다 부지런한 그 채소들 덕분으로 풍성한 수확을 거두어 돌아오는 발길은 무겁고도 가볍다.

봄날, 밭 한이랑 면적은 좁지만 흙을 파고 열무 씨앗을 뿌렸다. 생명의 기운으로 가득 차올랐다. 땅 위로 돋아난 연약했던 열무 순이 가장 맛깔스러운 크기로 자랐을 때, 김치로 변신한 열무는 밥상에서 인기가 최고다. 내가 키운 열무가 먹음직한 별미 밥상을 만들었다. 직접 키웠다는 것이 또 다른 맛을 더한다. 여름에는 열무김치 비빔밥이 제격이다.

  철이 바뀌면 채소들도 자리바꿈을 한다. 봄에는 새싹이 움트고, 여름이면 장마에 녹아 없어지는 채소도 있고, 살아남는 것도 있다. 밭은 이렇게 철 따라 심고 뽑기를 거듭하며 생명을 품는다. 짙은 색감으로 자신을 알리는 건 뿌리채소다. 봄에 뿌린 씨앗 중에 상추와 열무는 가을이 오기 전에 한 해를 정리한다. 고구마 줄기는 굳건히 자리를 지킨다. 가을이 지난 후 뿌리 열매로 보람도 주고 자리를 비워 준다.

  김장감으로 가을무와 배추도 심었다. 햇볕 머금고 튼실하게 성장한다. 머지않아 한 해를 마무리할 때 밭에 맨 나중까지 오롯이 남는 건 가을무와 배추다. 밭일하다 보면 잡념은 사라지고 추억을 더듬기 좋은 시간이 길어진다. 흙 파고 씨앗 뿌리고, 풀을 맬 때 마음의 평온함을 더해 주는 격이다. 채소들의 성장을 보면 땀의 의미도 함께 되새기는 소중한 일상이 즐겁다. 쑥쑥 자란 채소는 주인의 관심만큼 성장도 비례한다는 말이 어긋나지 않으리라.

  하늘이 높다. 바람 한 점에 실려 오는 풀벌레 노랫

소리는 도시의 소음에서 지쳐 있던 마음을 서서히 녹여 준다. 계절의 흐름을 가을무가 알려준다. 고춧가루와 멸치 액젓에 버무리기만 해도 맛이 있을 것처럼 모양새를 갖추었다. 잘 자라주어 고맙다. 작고 통통한 무가 먹음직해 보여 뽑아서 김치를 담갔다. 김치는 겉모습만큼 아주 맛이 좋았다. 김치 맛이 특별하다며 이웃과 나누어 먹는 기회까지 얻었다.

고향을 찾는 길은 여전히 멀다. 대신 휴일이면 아침 일찍 주말농장으로 발길을 옮긴다. 나는 작은 밭에서 고향을 향한 그리움을 한 땀 한 땀 심는다. 흙은 덧없는 시간 속에 묻혀 있던 유년의 조각들을 기꺼이 꺼내준다. 고향과 멀어졌던 삶의 본질을 일깨워 주는 주말농장 이랑에서 흙과 함께 숨 쉬는 시간이 내 마음을 살 찌운다. 나의 건강비결이 여기에 있다.

나는 매주 주말농장으로 가는 길에는 설렘과 동행하고, 돌아오는 길에는 갖가지 채소들과 그리움을 안고 온다.

수원지에서

성지곡이 숲을 안고 숲은 수원지를 품었다. 사람을 불러 모으는 힘을 지녔다. 대공원과 수원지 숲은 대가족이다. 간단한 간식을 챙겨서 숲으로 향한다. 수요일이 기다려진다. 대공원 숲 입구는 만남의 광장처럼 사람이 북적거린다. 삼삼오오 모여 곧 도착할 마지막 한 사람을 더 기다린다. 시끌벅적한 사람 소리에 생동감이 넘친다. 조금 더 크게 떠들고, 마음껏 웃고 싶은 사람들이 눈에 확 들어온다. 돋움체 글씨처럼 눈에 띄는 것은 딱딱한 콘크리트 건물이 아니고, 자연의 숲 앞이여서다. 숲을 처음 보는 것도 아닌데 매번 어머니 품 안처럼 편안하다.

숲속을 걷는다. 나무들의 다양한 속삭임이 들린다. 숲이 말한다. 오늘따라 등산객이 더 많이 오는 날이라고 소곤댄다. 수요일이고 평일이니까. 대체로 주말에 북적일 거라고 믿었는데 모두 일은 언제 하는지 궁금한 눈치로 고개를 이리저리 내젖는다. 요즘은 예외의 일상이 많긴 하다. 나도 숲의 속삭임을 공감하며 숲속으로 들어간다. 나무 한그루도 쉬지 않고 속삭이는 숲 사이로 태양은 찬란히 떠올라 햇살이 퍼져있다.

가파른 듯 가파르지 않은 숲길을 오르면, 긴 의자 두 개가 눈길을 끈다. 누군가가 쉼터 공간을 만들어 둔 듯해 늘 감사한 마음으로 벤치에 앉는다. 사람이 북적거리지 않는 한적한 곳. 소음은 없고 산새들의 울음소리가 잔잔하게 음악처럼 들린다. 나는 자연의 숨결을 느끼고 내 안에 쌓였던 긴장과 근심을 내려놓는다. 숲 카페라고 이름 지어 놓고 이보다 더 나은 낙원이 있을까 싶다. 간식으로 과일을 먹기도 하고 커피를 마시는 날도 있다. 이때 혼자가 아니라 둘이라는 게 참 좋다. 문우로 맺어진 인연이지만 나와는 차원이 다르다.

지인은 숲길을 어쩌면 그렇게 소상하게 알고 있는지. 나로서 감탄할 때가 한두 번이 아니다. 숲길을 시내 도로의 표지판을 읽듯이 이만큼 가면 두 갈래 길이 나오고, 저만큼 가면 오르막길에 한 아름 나무가 있다는 것까지 설명한다. 둘만의 숲 카페에 적당히 고달픔을 숨 고르기를 하고 다시 걷는다. 야생화나 빛바랜 나뭇잎을 보면 누가 먼저라고 할 것 없이 아름다운 자태에 각자의 소리로 덧칠한다. 저절로 탄성이 나온다.

  도시 회색빛 건물 속 책상에 앉아 지적하던 그 음성이 아니라, 숲속의 향에 취해 다양한 수신어로 옛고향 언덕까지 들먹이며 정겨운 말을 주고 받는다. 찬찬히 걸으며 그저 바라만 봐도 자연이 빚어낸 작품에 저절로 나오는 감탄사들이 줄을 잇는다. 사계절 중 새움이 돋아나는 오묘함은 뭐라 표현을 다 할 수 있을까. 그때는 감탄사만 자주 창공을 찌른다. 가을날에는 햇볕에 반사되어 맞물리는 무지개 색깔에 더 크게 탄성을 지른다. 그건 아마도 고운 색으로 물든 잎새와 함께 숨 쉬고 사랑하는 마음이 더 해진 풍부한 감성이 주는 호흡일 것이다.

  산등성을 오르면 두번째 쉼터가 우리를 반갑게 맞이한다. 간단히 몸을 풀 수 있는 몇 가지 운동기구도 있고 목을 촉촉이 축여주는 약수도 흐른다. 세상에는 거짓말이 판치는 일도 있다지만, 자연은 어떠한 거짓말도 할 수 없는 장르다. 매년 되풀이하는 자연의 모습을 예사로이 보지 않고, 남다른 감성으로 바라보는 버릇이 됐다. 걷다가 가파르다 싶으니 등줄기에 약간의 땀이 흐른다. 산등성 중간에 물이 흐르고 있다는 게 또 궁금해질 쯤에는 나무들의 숨은 노력으로 가느다란 물줄기를 내보내주는 빛나는 순간임을 알게 된다. 숲이 뿜는 맑은 공기가 내 가슴속으로 촘촘히 스며들어 또 반하고 만다.

 지인은 허리를 운동기구에 의존해서 빙글빙글 돌리고, 나는 주변을 살피느라 산만하다. 세 살 먹은 손자처럼 이곳을 벗어나면 위치마저 잊어버리는 철부지 같다. 걱정도 되지만 다음날이면 새로운 곳을 찾아온 듯 낯설기만 한 숲이 더 좋다. 자연이 정직하듯 내 주변에는 세밀하게 챙겨주고 기억해 주는 이가 많다. 남편이 그렇고, 딸도 허술한 나를 닮지 않고 단단하게 늘 쪼아준다. 참 다행이다. 숲이 덕을 주듯이 그 덕을 보는 일이 내 몫이라 고마울 따름이다.

 마지막 쉼터로 가기 위해 계단 위로 올라선다. 누군가 계단을 헤아리며 오르다가 중간지점에 숫자를 적어 두었다. 100이라는 숫자가 마치 중간을 찍은 듯 보이지만, 아래와 위를 보면 오를 계단이 더 길어 보인다. 오를 계단의 중압감 때문이라는 걸 계단 끝자리에 서서 알게 된다. 마지막이자 세번째 숨 고르기 터는 원두막처럼 마련해 둔 의자다. 겨울이면 내리쬐는 햇볕은 영양제처럼 온몸으로 스며든다. 그렇게 편할 수가 없다. 이것 또한 쉼터 의자 덕이다. 이런저런 찌들린 이야기는 겨울 햇볕에 풀어내고, 체내에 꼭 필요한 비타민 D를 섭취하고 나면 산책길 끝으로 접어든다.

숲과 숲에 의존한 하루다. 임야 소방도로에 접한 쭉쭉 뻗은 편백들이 하루하루 키 재기 놀이하는 걸 구경하며 걷는다. 숲길은 오롯이 자연으로 빚어진 길이다. 숲은 말 없이 모두를 안아준다. 자연에서 인생을 논하다 보니 건강한 언어가 내 안에서 줄을 선다.

계절이 바뀌는 공원의 모습도 내게 깊은 울림을 준다. 봄에는 꽃들이 만발해 노래하게 하고, 푸르게 짙은 여름숲은 삶의 힘을 실어준다. 가을은 오색 단풍이 춤추며 지나온 시간을 되돌아보게 만든다. 계절마다 풍경이 다른 공원을 찾는 날은 비타민이 머리와 가슴 안팎으로 스며드는 날이다.

첫인상

첫인상은 만남의 시작이다. 한 사람을 처음 만난다는 건 늘 설렘과 긴장, 두 가지 감정이 뒤엉키는 순간이다. 그 순간 시간은 느리게도 빠르게도 흐른다. 눈길이 마주치고 표정이 반짝일 즈음, 우리는 이미 상대방에 대해 크고 작은 이야기를 머릿속으로 쌓아 올린다.

밤에 입맛이 당긴다고 생각 없이 내가 한 행동이 마음에 안 든다. 거울 속에는 눈이 퉁퉁 부어 낯선 다른 사람의 모습만 보인다. 표정이 자꾸만 신경 쓰이는 것은 첫인상은 마치 투명한 유리처럼 섬세하면서도, 동시에 쉽게 부서질 수 없는 무게감을 지니기 때문이다.

늘 첫 만남이 이루어질 때면 그것이 단순한 외모의

인식 이상임을 느낀다. 가볍게 떨리는 미소, 말소리의 높낮이, 심지어 손끝의 움직임 하나하나가 조용한 대화를 건네는 듯하다. 첫인상은 상대방에게 가장 신뢰감을 주는 좋은 표현이고 말없이 전해지는 비언어적 메시지의 집합체다. 단순한 만남을 넘어 깊은 의미를 내포한다.

그동안 큰 부자는 되지 못했다. 재물을 지니는 복은 이만큼이라 생각하고 표정 통장 하나 만들었다. 돈 주고 살 수 없는 첫인상이 큰 재산이라며 위안 삼는 심리적 통장이다. 예쁘다는 말보다 나이 먹으니 인상 좋다는 말이 마음에 더 와닿는다. 첫 만남에 좋은 인상을 지녔다는 말은 들으면, 들을수록 심리통장은 두툼해진다. 가을 곡식을 거두어 곳간에 가득 채운 것보다 값지다. 그 가치가 큰 재산으로 여겨진다.

내가 근무하는 이곳은 연세 많은 분들의 제2의 보금자리라고 할 수 있다. 정서지원이 더 많이 필요로 한 곳이다. 정서지원을 하며 습관적으로 웃어야 하는 날이 많아진다. 인상은 타인이 비추는 거울 속에 무의식적으로 자신의 기대와 편견, 희망을 반영한다. 어떤 날은 첫 만남으로 상대방의 전부를 다 읽으려 한다. 전셋집을 구할 때는 깨끗한 집만 보면 되지만, 여기 요양원을 선택할 때는 직원의 표정을 먼저 우선적으로 염두에 두고 결정한다는 이도 만난다. 그러니 늘 좋은 인상으로 지니고 싶은 게 솔직한 욕심이다.

첫인상이 강한 여운이 오래 남은 지인이 있다. 만남이 거듭되고 따뜻한 사람이란 걸 알게 됐지만, 첫 이미지는 쉽게 지워지지 않을 만큼 강했다. 처음 마주 했을 때 똘똘 뭉쳐있는 굳은 표정과 정 안가는 모습에 말을 건네기도 망설여지던 그녀였다. 만남의 횟수가 늘어날수록 재능도 수두룩하고 정이 많은 사람임을 알았으니 첫인상은 온전한 진실을 다 담아내지 못한 셈이다. 하지만 면접에서는 사람 인성의 중요성을 첫인상으로 가늠하기도 한다.

첫인상은 그저 시작점일 뿐이다. 시간이 쌓이고 만남이 깊어지면서 그 사람의 본래 얼굴이 조금씩 드러난다. 첫인상은 희망의 밑그림이다. 우리는 그 위에 차근차근 색을 칠하는 이야기꾼으로 이끈다. 낯선 누군가를 맞이하며 좋은 말만 건네게 된다. 비록 남의 눈에 보이지 않는 나의 심리적 통장에 쌓이는 말들은 무엇과도 바꿀 수 없는 황금과 같은 보물임에 틀림없다.

  첫 만남이 이어진 사람은 보이지 않는 수많은 이야기와 삶의 굴곡과 진실들이 숨겨져 있다. 소소한 일상일지라도 웃음으로 다져지는 현재의 생활에 어른들과 대화가 가장 필요하다. 대화를 조용조용 이어나갈 준비가 되면 그들은 첫눈에 익은 모습을 오래 기억하고 낯선 장소에 적응하는게 빠르다. 소소한 일까지 잦은 도움을 요청하도록 마음을 열어두면 가족처럼 많이 의지하려한다. 나를 믿고 자주 부른다. 낯선 곳에서 마음 편하게 마주할 사람을 정했다는 것은 그만큼 좋은 일이다.

  그분들에게 그보다 마음 든든한 일이 어디 또 있을까. 일상생활에 적응하는 일이 쉬워지면 여러모로 좋은 일이 생긴다. 조금씩 정들면 이곳은 그분들의 집처럼 사람과 사람 사이 끈끈한 정이 만들어지는 소리가 정답게 들린다. 그만큼 인상은 좋은 역할을 한다.

  길을 묻는 이에게도 친절하게 가르쳐 주고 나면 그 대가는 좋은 세포로 얼굴에 자동으로 묻어지고, 웃음 호르몬이 피부세포 속으로 스며들어 좋은 표정을 남긴다. 웃는 일상이 좋은 인상을 만드는 거라 믿는다. 인상은 살아온 지난 삶의 압축 파일이다. 불혹이 지나면 자기얼굴에 책임을 져야 한다는 말을 뒷받침하고 표정은 다른 말로 책임이기도 한다.

하루하루 살아간다는 일이 스트레스라며 화를 자주 내는 사람도 간혹 만난다. 사람은 태어나면서 타인을 인식하고 안면을 마주하는 순간 우리는 무의식 중에 타인의 시선으로부터 자유로울 수만도 없다. 화를 자주 낸다면 미간에 주름도 험악한 꼬리로 굳어지지만, 욕심을 비우면 웃음이 많아진다. 웃음도 습관이다. 웃으면 나만의 심리적 통장이 두꺼워지고 세포가 불어난다.

나는 오늘도 낯선 누군가의 첫인상에 숨은 빛과 그림자들을 조심스럽게 바라보고, 그 미묘한 순간에 담긴 마력을 기억하며, 또 하나의 새로운 이야기를 시작한다. 첫인상, 그것은 매일 마주하는 가장 투명하면서도 신비로운 표정이다. 심리통장은 예술의 통장이다.

기다림

사람은 때로는 기다림을 견뎌야 한다. 하지만 그 기다림 속에서 우리는 과연 얼마나 서로를 배려하며 지내고 있을까. 정신건강의학과 진료시간은 다른 과와 달리 정확하게 가늠할 수 없다. 그날도 정신건강의학과 진료대기실은 기다리는 환자들로 가득했다. 나는 접수를 마치고 또다른 기다림에 익숙한 듯 자리에 앉았다.

업무상 대리처방을 받기 위해 수시로 하는 외근업무에 기다리는 일이 습관이 되었다. 때로는 생각보다 많이 지연되어 사람들의 마음을 조급하게 만든다. 삼십분이 지났을 때 엉덩이를 들썩거리던 한 젊은이가 일어섰다.

접수창구 쪽으로 가더니 얼마나 더 기다려야 하느

냐고 물었다. 한 사람 남았다는 애매한 답변만 들렸다. 앞사람의 상담시간이 얼마나 걸릴지 모르니, 그 이상 정확한 답을 줄 수 없다는 걸 짐작했다. 젊은이는 다시 시간을 물었다. 간호사는 그냥 모른다고 했다.

그때부터 젊은이는 또 다른 바쁜 일이 있는지 쫓기듯 가만히 있지 못했다. 불안 속으로 빠져 들었다. 앉았다 일어서기를 반복하며 이리저리 돌아다녔다. 대기실에서 부산하게 움직이니 자연스럽게 젊은이에게로 시선이 갔다. 그 젊은이가 내 옆에 앉아있는 남자 앞으로 왔다. 남자와 함께 병원에 도착했었다. 나중에 알게 된 일이지만, 엘리베이터는 젊은이가 먼저 탔고, 접수는 뒤에 탄 남자가 먼저 했다.

"저… 아까 엘리베이터 탈 때 제가 먼저 탄 것 아시죠?" 하며 순서를 들먹이고 있었다. 남자는 어리둥절한 표정으로 젊은이를 바라보았다. 무슨 말을 하는지 도무지 이해가 안 되는 눈치였다. 젊은이는 바쁘니 순서를 바꾸었으면 한다는 말이었다. 그런데 엉뚱한 언어만 크게 부각시켰다. 남자는 이해되지 않으니 묻고 또 물었다. 여전히 무어라 하는지 도통 이해하지 못하는 모양이었다.

옆에 앉아있던 나를 쳐다보았다. 마치 젊은이 하는 말이 외국어처럼 들린 듯, 해석 좀 해달라는 표정이었다. 병원에 들어서는 순서대로 접수한 나는 젊은이의 말뜻을 어림짐작으로 이해했다.

"젊은 사람이 바쁜 일이 생겼나 봐요." "순서를 먼저 하겠다고 하는 것 같네요."라고 나는 조심스럽게 답했다.

"그렇게 해요." 남자는 아주 쉽게 응해주었다. 그 젊은이는 몇 번을 되풀이해서 묻기만 하는 상황이 안타까웠는데, 젊은이의 요구는 순식간에 해결되었다.

나도 마음이 급해지면 우발적으로 감정을 섞어서 말할 때가 있는 것처럼 젊은이도 그러했다. 무작정 내 차례 내놓으라고 억지 부리는 것만 같았다. 남자 역시 젊은이가 갑자기 하는 말이 시비거는 말처럼 들렸을까. 젊은이의 말이 전혀 이해되지 않았다고 내게 몇 번이나 말했다.

남자에게 양해를 구한 그 젊은이는 말에도 순서가 있는데 접수창구에서도 차근차근 말하지 못했다. 그냥 앞사람보다 먼저 해달라고만 했다. 간호사가 안 된다고 하니 그제야 앞사람이 양보해 주었다고 전했다.

언젠가 나도 두군데 진료예정이 되어 있던 날이 새삼스럽다. 병원 로비에는 제일 먼저 도착해서 엘리베이터를 탔는데 그 다음에 몇 사람 더 탔다. 병원접수할 때는 내가 맨 뒤였다. 진료시간의 차이는 앞서 접수한 사람과 무려 한 시간이 남았다. 마음이 조급해졌다.

다른 진료예약시간이 다가오자, 의자에 앉아서 편안하게 기다리고만 있을 수가 없었다. 이쪽저쪽을 쳐다보면서 초조한 마음으로 차례 오기만을 기다렸다. 천천히 감정의 변화가 일어났다. 가시 박힌 감정적 언어가 목 안에 가득 채워졌다. 여차하면 불만의 소리가 나올 만큼 심란해졌다. 어쩔 수 없는 상황에서 한쪽은 포기해야 하는데 그게 쉽지 않아 마음을 졸였다. 또 다른 예약 때문에 신경이 예민해졌다. 젊은이처럼 똑같은 처지를 경험했기에 그 젊은이의 언행이 쉽게 다가왔는지도 모른다.

젊은이는 곧바로 진료실에 들어갔다. 십분 정도 시간이 소요되고 조제된 약을 받아 서둘러 병원 문을 나섰다. 젊은이가 떠난 뒤 이유없는 아쉬움이 가슴 가득 채워졌다. 늦었지만 양보해주어 고맙다고 눈웃음 인사라도 할 수는 없었을까. 처음부터 양해의 말로 차근차근 공손하게 설명할 수는 없었을까. 뭔지 모르게 아쉬움까지 젊은이 등 뒤로 따라 나갔다.

 한번쯤 공감할 수 있는 일이었다. 가까이 있는 가족에게도 말은 마음의 표현이다. 대부분의 사람은 이런저런 마음이 앞서고 행동에는 늘 어설프다. 젊은이가 차근차근 양해를 구하고 말했더라면 어땠을까. 갑자기 남자 앞에 와서 엘레베이터를 먼저 탔다고 접수한 순서 들먹이며, 내 자리 내놓으라는 것보다 훨씬 더 좋지 않았을까. 마치 마라톤 경기에서 한발 먼저 출발했으니 내가 먼저 도착했다고 우기는 선수와 다를 바 없었다.

 엘리베이터를 먼저 탔다고 해도 접수순서가 우선임에도 젊은이는 다른 잣대를 들이댔다. 바쁜 자기 사정만으로 차례를 바꾸어야 한다고 주장했다.

 사람과 사람 사이에 말은 늘 조심스럽다. 대화는 시간과 장소, 관계에서 적절한 대화법이 있다. 감정표현도 아주 중요하다. 더 중요한 것은 표현할 때 상대방의 배려를 존중하는 일이다. 말은 알고 보면 쉽고 단순한데 쉽고도 어렵다. 언어가 적절하지 못할 때 감정싸움이 생긴다.

 핵가족시대로 접어들면서 어른들과 젊은이들 사이

의 대화 폭이 줄어 들었다. 가족 간에, 친구들 사이에서도, 동료 간에도 사소한 행동과 말에서 갈등을 겪고 힘들어하는 순간만 늘어간다. 대화할 때 앞뒤로 짜임새 있는 말이면 좋지만, 대부분 내 처지를 우선해서 말하기 쉽다. 그 젊은이도, 나도 그랬다. 그리고 우리는 매일 누군가와 만나고 대화한다. 작은 배려하나, 부드러운 말 한마디가 얼마나 큰 차이를 만드는지 알면서도 실천하기는 쉽지 않다. 하지만 적어도 상대방을 한번 더 생각해 보려는 마음가짐만큼은 잊지 말아야겠다.

 오늘도 누군가는 어디선가 자신의 차례를 기다리고 있을 것이다. 그 기다림이 서로에 대한 이해와 배려로 채워지길 바라며, 나 역시 조용히 차례를 기다렸다.

일주일간의 일기

첫째 날, 무슨 일이지? 생전 처음 느끼는 두통이다. 머릿속으로 이유가 뭐냐고 문자를 보내고 싶은 심정이었다. 연속으로 주는 고통이 예사롭지 않았다. 이따금씩 느끼게 되는 두통의 몇 배다. 맥주 한잔 했을 때, 감기에 걸렸을 때, 열과 동반하는 두통과 전혀 다르다. 그렇다고 집에서 쉴 수 없는 처지가 아니라 출근했다. 시간 간격을 두고 신호처럼 주는 통증이 여간 신경 쓰이지 않았다. 뭘 의미한 것일까. 뇌에 관한 질병을 모두 끌어왔다. 뇌종양, 뇌경색 등 불길한 질병만 수없이 떠올랐다. 두통이 멈추면 망상도 따라 날아갔다.

둘째 날, 서울 가는 KTX를 탔다. 예전처럼 열차 안에서 책을 읽고, 핸드폰으로 카톡에 일기도 썼다. '넌

월 일' 네번째 집들이라고 적어두었다. 딸 생일과 겹친 방문이라 축하 글도 함께 남겼다. 여느 때와 다름없는 정신 상태였다.

복잡한 서울에 도착했다. 남편의 원룸에 여장을 풀었다. 전에 느껴 보지 못한 두통이라고 엄살 아닌 엄살을 부렸다. 남편은 콩파스를 부쳐보라고 권했다. 딸이 구입해 준건데 웬만한 통증에 잘 듣는단다. 귀가 솔깃하게 반응했다. 오른쪽 귀 볼 아래로 눌러 아픈 부위를 찾았다. 효과가 있을지 몰라도 한 번 부쳐 보았다. 통증이 심하게 느껴지는 곳에 파스를 부치고 하룻밤 잤다. 다소 나아진 기분이었다.

셋째 날, 어쩌다 딸집에 가면 할 일이 많다. 맞벌이 하는 딸을 위하여 밑반찬도 만들어 두고, 냉장고 정리도 깔끔하게 정리한다. 단순한 집안일로 피로가 가득 찼다. 그때다. 남편은 황톳길 걷기운동을 가잔다. 모처럼 함께 한 시간에 남편 말을 거절 못하고 따라나섰다. 두통은 없었다. 다행이다 싶으면서 걱정을 완전히 내려놓지 못했다.

넷째 날, 부산으로 오는 기차 안이었다. 오른쪽 목 덜미에 자꾸 손이 갔다. 좁쌀만 한 물집이 솟아난 게 만져졌다. 굴레를 이루고 있는 게 느껴졌다. 이게 뭘까, 왜 이런 물집이 목에 나타나는 거지? 혹 대상포진? 아냐 대상포진은 매우 아프다던데 혼잣말로 한참 되뇌었다. 주변 사람들이 들려준 대상포진 경험담을 다시 더듬어 본다. 무슨 병이든 일주일의 고통을 주고, 일주일 지나면 바이러스는 없어질 거라고 가볍게 맘먹었다.

 다섯째 날, 출근했다. 물집 잡힌 목덜미를 본 동료 Y가 화들짝 놀랐다. 병원부터 가야 한다며 마치 큰일 날 것처럼 떠들었다. 아프지 않으냐고 묻고 또 물었다. 나는 안 아프다고 했다. Y는 내 말이 믿기지 않는 듯 빤히 쳐다보았다. 그녀는 무슨 병인지 정확히 알고 있는 듯 설명했다. 그러다가 얼굴 전체로 번져 실명되는 수도 있다고 으름장까지 놓았다. 그녀의 강한 반응이 더 무서웠다.

 병원에 갔다. 아프지 않았냐고 간단하게 물었다. "예"라고 짧게 대답했다. 내과 의사가 단번에 대상포진이라고 진단을 내렸다. 주사 놓던 간호사가 대상포진 고통을 더 상세하게 설명했다. 심하면 입원해야 하는 경우도 있다고 덧붙였다. 더구나 어깨 위로 나타나는 대상포진은 아주 위험하다고 부연설명으로 위압감을 주었다. 주사를 맞고 약 3일치 약 처방받아 집으로 돌아왔다. 거울에 비치는 목덜미의 좁쌀 굴레는 잘 익어가는 딸기 한 표면 같았다.

여섯째 날, 어느 모임에 갔다. K가 목덜미에 솟아난 물집을 보고 까무러치게 놀랐다. 어떻게 모임에 왔느냐고 의아해하는 눈치였다. 옆에 앉아 있던 H도 쳐다보며 그 병 겁나고 무서운 거라고 맞장구쳤다. K는 대상포진을 앓고 입원한 적 있단다. 통증 때문에 잠을 이루지 못해 밤을 지새웠다고 말했다. 내가 대상포진 통증의 심각성을 모르고 있는 걸 일깨워주었다. 대상포진이 무서운 질병임을 새삼 느끼면서 네이버 지식 검색을 했다.

대상포진 바이러스가 몸속에 잠복 상태로 있다가 다시 활성화되면서 발생하는 질병. 피부에 발진과 물집이 형태의 병변이 나타나고 해당 부위에 통증이 동반된다. 육십 세 이상 노인에게 주로 발병하며 면역 기능이 떨어진 사람에게 발병한다고 한다. 병적인 증상은 피부에 국한되어 나타나지만, 면역력이 크게 떨어져 있는 경우에는 사망에 이를 수 있다는 글귀도 보였다.

대상포진에 주변 사람의 반응은 아주 심각했다. 그런데 남들이 염려하는 만큼 난 고통스럽지 않았다.

일주일 동안 견딜만했다. 그래서 서울도 가고, 모임도 가고, 출근도 했다. 끔직한 질병임에도 꿈적도 안 하니, 나 아닌 제삼자가 대상포진 통증을 다 삭이고 있는 듯했다. 나는 웬만한 질병은 체내에서 놀만큼 놀다가 떠나간다는 걸 간접적으로 경험한 적이 있다. 대상포진도 붉은 반점이 신경을 따라 나타난 후 열흘에서 보름 정도 머문다고 들었다.

일주일째다. 이겨 냈다. 열흘 정도 지나면 딱지가 생기면서 증상이 좋아진다는데 앞당겨 가렵기 시작했다. 더 큰 통증은 주지 않았다. 서둘러 병원을 찾은 탓인지, 주변 사람들의 지나친 관심 덕분인지 쾌차 진행 속도가 빠른 것 같았다. 대상포진은 발진이 나타날 때 가장 고통이 심하다 들었는데 나는 두통만 잠시 심하게 남기고 지나가는 듯했다. 발진이 나타나고 나면 통증이 덜하다는 말을 들었기에 이 정도쯤이야 견딜 만하다고 편안하게 받아들인 탓도 한몫했다.

노약자의 약 30%에서 나타나고 마약성 진통제를 사용해야 할 정도로 통증이 심하고 입원까지 했다는 사람도 있는데, 약간의 두통만 만났을 뿐이니 참으로 다행이다. 주변 사람들의 지나친 관심과 심한 등

살에 나에게 나타난 대상포진도 놀라서 도망간 것은 아닐까. 홍채염이나 각막염을 일으켜 실명할 수 있고, 바이러스가 뇌척수막까지 침투하면 뇌척수막염으로 진행되기도 한다고 떠들었다. 만나는 이마다 심한 염려의 말로 총알을 쏘듯 했다. 그 총알을 일주일간 품안으로 받아들였더니 전쟁은 끝이 났다.

 대상포진 발병의 원인의 정체가 뭘까. 나의 과한 업무? 영양부족? 면역력이 떨어졌다고 생각한 처음과는 다르게 빠르게 회복되니 영양부족은 아닌 것 같고, 과한 업무가 주범인 듯하다. 이제 나이를 생각하며 여러가지로 조심해야 할 때다. 하지만 사람의 체질은 같은 병이라도 다를 수 있다는 걸 일깨워준 일주일이다. 불안하고 아팠지만 무사히 대상포진을 이겨냈다.

인연

  인연은 점처럼 다양하다. 하나가 둘이 되고 둘이 셋 되어, 또 하나의 틀을 만든다. 처음 몸에 생긴 점은 그냥 예사롭게 보고 넘긴다. 액체가 묻어서 번지는 작은 흠으로 받아들인다. 시간이 지나고 밝은 햇빛 조명을 받고 무대 위로 모습을 드러냈을 때는, 그냥 검은 점으로 변해 버린다. 커진다. 보기 흉하고 밉다. 어떻게 지워야 할지 고민한다. 점은 내가 필요하고 선택해서 나타난 것이 아니다. 나도 모르게 생긴 피부의 흔적이다. 피부에 점이 불현 듯 생기듯이 인연도 우연으로 맺어지는 일도 생긴다.
  처음 엮어진 인연은 형제고 자매였다. 우애와 사랑으로 뭉쳐진 온점이다. 긴 시간 함께 부대끼며 생활하던 혈연의 점을 찍고, 또 하나 각각의 점을 찍으려고 인연을 찾는다. 결혼이다. 새 가정을 꾸미는 일로 상대를 만나 점을 찍기는 쉽지 않다. 요즘은 부수적인 부가가치를 따지며 선택한다. 결혼은 남녀 둘의 양가 부모들의 성향에도 좌우한다. 때로는 우연히 찍은 점보다 고르고 고른 것이 더 불편하다. 원래의 점에 보태지는 다른 점이 무채색이면 더 할 바 없이 좋은 일이나 그건 하늘 별 따는 만큼 어렵다. 점은 다양하다.

 사람은 크게 두 가지 부류다. 처음부터 좋다고 느껴지는 모습과 첫 만남부터 별로인 모습으로 나뉜다. 만나는 횟수가 늘면서 느낌이 달라진다. 전자와 후자가 기대치가 바뀌는 일도 생긴다. 어쩜 후자와의 인연은 화롯불에 온기처럼 서서히 정이 든다. 첫눈에 반하는 온점은 짚불이 활활 타올라 꺼지고 나면 금세 식어버린다. 짚불 꺼진 잿더미 같다. 이내 차갑다. 한번 식으면 영원히 피어오르지 않는 성질을 가졌다. 훅 날린다. 가슴 속에 자욱이 남는 아픈 흔적의 점으로 자리 잡는다.

 지인으로부터 전화가 왔다. 삼십 년 동안 이어온 사이다. 하소연을 하고 싶다는 뜬금없는 말을 했다. 무슨 말이든 해도 이해해 줄 사람이 필요하단다. 뭔지 모르지만 하루 빨리 만나고 싶었다. 찻집에서 두 시간 넘게 그녀의 하소연을 들었다. 이런저런 이야기를 하다가 마지막에 아들 이혼 소식까지 전했다. 그동안 겪은 힘든 순간만 남은 아픔의 이야기가 절절했다. 가슴에 가득 찬 지옥 같았던 시간의 조각을 끝없이 쏟아냈다. 한번 굳어진 석고가 떨어지면 산산조각이 나듯 아들 결혼도 그렇게 조각 나버렸단다. 어떤 위로의 말을 찾을 수가 없었다.

그녀의 며느리는 무슨 연유인지 모르지만, 재산에 큰 손실을 냈단다. 뉘우침이 없는 며느리의 행동에 이혼까지 결정하는 것이 매우 힘들었을 어미 마음이 전해졌다. 착각과 망상을 일으키며 헛소리까지 나오고, 가장 가까운 가족을 대면하고도 몰라볼 만큼 심각해서 인지기능 검사까지 했단다. 머리 CT촬영과 인지 결과는 큰 이상이 없었지만 충격에 벗어나지 못한 듯했다. 대화 중에도 그녀는 딸의 전화를 두세 차례 받았다. 자식의 결혼보다 이혼은 부모로서 감당하기가 더 어렵다. 정신줄을 놓을 만큼 많이 힘들었다는 것이 짐작됐다.

피부에 발생한 검은 점은 태양에 그을리다 생기고, 시간이 지나면 없어지기도 한다. 때로는 함께하다가 저절로 무디어진다. 보기 싫고 미운 점은 세월 속에 퇴색된 채 차츰차츰 이기적인 사람처럼 된다. 며느리에 대한 미움은 시어머니만의 일방적일 수 있지만, 부부 갈등은 혼자만의 몫이 아니었던 모양이다. 자식에게 문제가 있는지도 모른 채 수년을 살았다고 말할 때는 가슴을 쓸어 내렸다. 그간 마음 비우기가 쉬운 일이 아니었다고 털어 놓았다.

나는 그녀 며느리가 지적이고 사회성도 좋고, 음식도 잘하는 여자로 알고 있었다. 영원히 깨지지 않을 한 쌍의 부부일거라고 믿었다. 부러워했던 만큼 내게도 아픔이 남다르게 와 닿았다. 그녀의 이야기를 끝까지 들어주었더니 속이 후련하단다. 별로 해준 게 없는데 마음이 가벼워졌다니 되레 고마웠다.

말은 한 번 뱉고 나면 주워 담을 수 없다. 내면의 상처는 정신적 피로감으로 더 힘들다. 갈등이 생기기 전, 말은 짧게 하면 좋다. 즉흥적인 말은 이해가 되지만 길면 감정이 들어가고 미움이 보태진다. 감정의 골이 생길 수 밖에 없다.

나도 얼마 전, 예민해진 일을 겪었다. 직장에서 사소한 일로 자존심을 내세워 감정을 상하게 하는 일을 당했다. 자기 뜻을 따라주지 않는다는 단순한 이유다. 다른 날에는 아무렇지도 않던 그 말에 불필요한 점을 찍으면서 사건이 되고 말았다. 서로 스스럼없는 내용이었고, 매번 주고받던 말이었는데 그날은 달랐다. 나는 대상의 겉을 말했지만, 듣는 이는 내면의 감정으로 받아들였다. 이견이 생길 수 밖에 없었다. 그러다가 직장을 그만두고 싶을 만큼 감정싸움이 짙었다.

 사람은 연결된 인연의 그물망 속에서 삶이 펼쳐진다. 때로는 우연처럼, 때로는 운명처럼 다가오는 인연은 꽃처럼 피었다가 바람에 흔들린다. 그 만남은 내 삶에 짧지만 깊은 흔적을 남기고 지나간다. 어떤 인연은 오랫동안 내 곁에 머무르며 삶의 위로와 기쁨이 되지만, 어떤 인연은 잠시 스쳐 지나갔다가 기억의 한편에 조용히 남는다. 사람과 사람이 만나 마음을 주고받는 과정에서 우리는 성장한다. 때로는 상처가 되기도 하지만 그마저도 나를 더 단단하게 만든다. 인연은 좋은 것만 주는 것이 아니라 때로는 아픔을 통해 더 깊은 이해와 사랑을 배우게 한다.

 나는 가끔 지나간 인연들을 돌아본다. 그때는 어떻게 만났을까, 왜 그랬을까, 궁금해지면서도 결국 모든 만남에는 이유가 있었다고 믿는다. 인연은 삶이라는 큰 퍼즐조각끼리 한 장씩 맞춰가는 과정 같다. 완성된 그림은 아직 보이지 않는다. 과정에 서로에게 작은 빛이 되어 줄 뿐이다. 만나는 모든 인연을 소중히 여긴다. 우연히 스친 얼굴, 잠시 들었던 말 한마디, 함께 흘린 눈물과 웃음 모두가 내 삶을 풍성하게 하는 도구다. 언젠가 시간이 흘러 이 모든 인연이 다시 내게 어떤 의미로 다가올지 모르는 일이다.

  인연은 보이지 않는 사슬 같다. 그 사슬이 나를 지탱하고, 또 내가 누군가의 삶에 작은 버팀목이 된다면 우리가 맺은 모든 인연이 조금씩 모여 결국은 서로를 살게 하는 힘이 아닐까. 누구에게든 속엣말을 다 들어주고 싶은 상대가 된다면 그 인연 더 값진 삶에 울타리가 아닐까.

비 오는 날

밖으로 짙은 회색빛이 온 세상을 감싼다. 하늘은 금세라도 눈물을 터뜨릴 듯 무겁게 내려앉아 있다. 조금 후 빗방울들은 지붕과 창문을 타고 흘러내리며 잔잔한 리듬을 만든다. 빗소리가 마치 오래된 멜로디처럼 마음 깊숙이 파고들어 조용한 위로를 건네는 그런 날이다.

말은 의무를 지닌다. 같은 말이라도 자리에 따라 다르게 스며든다. 말하는 사람의 의도와 듣는 사람의 위치에선 그 색깔이 달라진다. 말하는 사람은 아무렇지도 않은 감정으로 말했는데 듣는 사람은 그 날 감정에 의해 독이 되어 화를 낸다. 특히 나이 들면 생각지도 않은 감정변화로 남과 다투기도 하여 하루를 그르치는 날이 생긴다.

무엇이 잘못되었기에 저토록 찬바람이 불까. 문을 닫아두면 열어두고 닫아두면 또 와서 열어두고 가는 여자, 여는 사람 있으면 닫는 사람이 꼭 있어야 할 만큼 심술을 부렸다. 한번쯤 문 좀 닫아주고 가라고 말하고 싶었지만 말하지 않았다. 그 사람의 성향을 보아 더 심하게 반대로 할 것 같아서 두려웠다.

  그녀와 같이 하는 일이 인지능력이 떨어진 어른을 돌보는 일이다. 업무 중에 이견이 생긴다. 당연하다. 감정이 다르고, 하는 일이 다르다. 빗물이 땅에 닿을 때마다 작은 파문이 퍼져나가듯이 가끔 언짢은 언성이 오고 간다. 어디서 어떻게 꼬인 걸까. 남을 배려하고 또 배려하는 게 업무에 최우선이지만, 그녀는 하루가 멀게 빗장을 건다. 내게 무슨 문제가 있나. 아무리 생각해도 떠오르지 않는다.

  요양원에서 간호조무사와 요양보호사의 관계는 가족같은 끈끈한 협력관계이다. 요양보호사인 그녀는 성격이 냉정하다. 어르신에게 냉정한 돌봄이 필요하다고 주장한다. 어르신을 위한 배려보다 자신의 편리함이 우선이라 어느 요양보호사보다 눈에 자주 거슬린다. 휠체어 앉아 있던 분이 눕고 싶다고 호소하면 자기 일을 먼저 하고 해준단다. 내가 도와주고 싶어도 자기 뜻을 무시하는 행동이라고 태클을 건다. 그러면서 내말은 못 들은 척하고 자기 일을 다 한다. 사소한 일들의 생각이 달라도 너무 다르다.

 어제는 정말 술 한잔하고 싶은 날이었다면 오늘은 푹 쉬고 싶은 날이다. 어제는 어둠에 갇힌 날이었지만 지금은 햇빛이 쨍한 그런 날이다. 어제는 한숨뿐이었는데 오늘 밤은 웃음꽃이 저절로 피어난다. 암흑의 세계가 이렇게 밝은 세상으로 바뀔 수도 있다니.

 젖은 공기 사이로 번지는 빗 내음은 오래전 기억들을 불러들인다. 모든 일이 한순간인데 그 한순간을 풀어내지 못하고 있을 때 답답하던 가슴을 시원하게 뚫어 주겠다는 사람을 만나게 된다. 어려움을 혼자서 해결할 수 없을 때 누군가가 손을 잡아준다면 그는 은인이다.

 어려움이 있을 때마다 나의 부덕한 감정을 하소연하면 들어 주는 분이 있다. 엄마만큼 편한 사람으로 무조건 내 편에서 다 듣고 이해해주고 난 후 기다림의 미학을 배우게 해준다. 상대방의 감정이 누그러지고 나면 나에게도 평온이 온다는 걸 매번 일러 주었다. 오늘도 그런 날이었다.

"안녕하세요"

출근 때마다 매번 같은 행동으로 출근인사를 한다. "어서오세요" 어! 인사를 받아주네. 기분 좋은 아침이 열린다. 인사만 주고받은 것 뿐인데 온천지가 눈이 부시다. 마음이 편해진다. 모든 걸 외면하고 빙산처럼 차갑기만 하던 그녀의 냉정함은 어디로 갔지? 아궁이 군불로도 녹이지 못할 오싹한 그 냉기와 얼음같은 표정은 온데간데 없다. 온천지가 따스함으로 다가온다. 그녀가 단단한 빗장을 스스로 풀었다는 것이 가히 놀라운 일이다.

 빗속에서 걷는 사람들의 옷자락은 흠뻑 젖었지만, 그들의 발걸음은 어딘가 가볍고 단단해 보인다. 빗물이 씻어 내린 거리처럼, 가슴 한쪽의 답답함도 빗물이 씻어 주었을까. 새로운 기운이 스며드는 듯하다. 비 오는 날, 세상은 흐려도 내면은 오히려 환해지는 신비한 시간임을 새삼 깨닫는다.

 빗장을 닫는 건 사람과 사람 사이에서 풀리지 않는 감정으로 이별도 마다하지 않을 만큼 힘든 시간의 연속이다. 부부 간의 이혼도 그래서 하는게 아닐까. 사람은 함께 생활하다보면 부딪힘 없이 살 수 없다. 그럴 때마다 나는 하루의 일진이 나빠서라고 받아들이며 산 지 오래다. 빙판과 온돌방 차이가 심하지 않을 만큼 감정조절이 필수다.

  어둡고 차가운 빗줄기 속에서도, 그 속삭임을 들으며 나는 오늘도 비 오는 날만의 고요한 아름다움에 마음을 맡긴다. 그렇게 빗소리는 내 하루를 조용히 적시며 끝나지 않을 듯 이어지는 이야기처럼 내 안에 새 기운을 불어넣는다.

  부딪힘에서 얻는 교훈도 있겠지만 언제나 피하고 싶은 게 인간관계의 갈등이다. 오늘도 평안한 하루가 지나가길 소망한다.

2부

그 집

검은콩과 흰콩

그냥 사랑하기

변해야 삽니다

혼자보다는

『30년만의 휴식』을 읽고

검정 고무신

가족여행

그 집

산그늘이 길다. 겨울이면 어둠이 일찍 찾아온다. 햇볕이 산자락에 자리를 잡고 서성이면 그림자가 짙어진다. 그림자가 앞산에 걸리면 순식간에 어둠살에 잠기는 고향집. 굴뚝에서 연기가 모락모락 올라오면 마을이 있다는 걸 짐작할 만큼 한적한 마을이다. 바다가 멀리 보인다. 아침에 부산서 여수로 오가는 여객선을 담 너머로 볼 수 있는 곳이다.

내 마음 깊은 곳에 언제나 따뜻하게 자리 잡고 있는 곳, 도시의 분주한 일상으로 바쁘게 움직이다 문득 고개를 들어 바라보면 어린 시절을 품고 있는 그 집이 생각난다. 고향집이다. 단순한 집이 아니라 내 삶의 뿌리로 쉼의 공간이자 추억이 살아 숨 쉬는 곳이었다.

스마트폰이 없던 시절, 해가 중천에 떠올라 있을 때 파도를 가르는 여객선은 점심시간을 알리는 알림시계였다. 논밭에서 일하던 일손 놓고 샘물을 길어서 점심 준비하느라 바빴다. 여름이면 열무김치에 풋고추와 미역오이냉국을 자주 만들어 먹었던 그 집이 오늘따라 더 그립다.

 자연이 펼치는 사계절 따라 지낸 유년 시절은 특별한 일을 하지 않아도 하루가 훌쩍 지나갔다. 그곳의 이웃은 열 집도 채 안 됐다. 윗동네와 아랫마을이 어긋나게 그어진 산등성 아래쪽으로 옹기종기 모여 살던 동네였다. 어느 해부터 이웃이 한 집 두 집 새로운 터를 찾아 떠났다. 이웃사람이 절반으로 줄어 들어도 우리 집은 이사할 처지가 못 됐다. 아버지가 젊음을 다 바쳐 모은 돈으로 새로 지은 기와집이 발목을 잡았다. 정든 이웃이 줄어들고 밤이면 칠흑 같은 어둠에 싸여 늑대 울음소리가 들릴 만큼 온천지가 암흑상태인 게 싫었다.

 타지사람이 옆집을 매입해서 이사를 왔다. 장미꽃 울타리는 헐어내고 벽돌담으로 집을 지었다. 자동차까지 소유하여 좁은 공간에 주차장을 만들었다. 적막강산이던 마을이 조금씩 변화가 보였다. 이사 온이는 어떤 일을 할까. 살던 사람들이 모두 떠나는데 당산골로 이사를 왔다는 게 궁금해지는 순간도 적지 않았다.

　동네 울타리 옆에 큰 버드나무가 서 있었다. 한여름의 그늘은 길 가던 사람이 쉬어 가는 쉼터 역할을 해냈다. 버드나무는 길가에서 밭 중앙까지 나무 그림자가 놀던 시간이 유난히 길었다. 사람에게는 그늘을 주어 마냥 이로운 존재이지만, 밭농사에는 도움이 되지 않았다. 그 이유로 밭농사를 짓던 사람이 나무를 쳤다. 농작물의 성장에 양지와 음지쪽과 큰 차이가 나니 버드나무 뿌리에 약을 뿌려 서서히 죽게 했다는 전설같은 이야기가 파다했다.

　우물가와 장독 옆 감나무도 설움을 가끔 받았다. 가을이면 잎이 수두룩 떨어져 주인의 게으름을 슬쩍 보일 때였다. 납작감이 열렸다. 텃밭 감나무가 오래 버틴 건 가을날 달콤한 홍시 덕분이었지 싶다. 달린 감 숫자가 아주 적은 소량이어도 굳건하게 자리를 지킨 것은 겨울의 보양식이 되어서였다. 텃밭에 서 있는 단감나무도, 곶감 만드는 땡감나무도 유년 시절의 추억을 한 몫 보탰다.

　어머니가 돌아가시고 십 년의 세월이 흘렀다. 오랫

동안 방치해둔 고향집이 팔렸다. 그 집이 나를 호되게 꾸짖는 소리로 들렸다. 주인 없이 버티어 온 세월의 설움을 무서운 눈총을 쏘아 부었다. 긴 세월 동안 팽개칠 때는 언제였고, 지금에 와서 관심을 가지는 척하느냐는 냉정한 눈초리였다. 멋모르고 달려든 벌떼에 톡 쏘여 고통받는 만큼 힘들었다.

 간간이 타지에서 온 사람들이 고향집을 매도하라고 했어도 거절했었다. 고향집은 온 가족이 모여 웃음꽃을 피우던 곳이었다. 형제들과 함께 뛰놀던 마당의 소란함까지 어느 하나 소중하지 않은 것이 없었다. 비록 시간이 흘러 많은 것이 변했지만, 그 집에 발을 들이는 순간마다 따뜻한 기운이 여전히 나를 감쌌다. 어머니가 곡식을 쓸어 담던 넓은 마당을 놓치기 아쉬워 오래도록 소유하고 싶었다.

 단독명의로 된 외국에 살던 남동생이 들어와서 급매하고 말았다. 구체적인 의논 없이 한순간 거센 물살을 타고 떠내려가고 만 상황을 맞이했다. 버스 지난 뒤에 흙먼지 마시며 손 들고 뛰는 때늦은 후회뿐이었다. 고향집은 단지 몸이 쉬는 공간이 아니라 마음의 휴식을 찾고 세상 시름을 잠시 내려놓고, 나 자신을 돌아볼 수 있는 공간이었다. 돌담 너머로 보이는 산과 들판, 멀리 저무는 해를 바라보면 고향집은 나에게 삶의 방향을 되새기게 하는 나침반과 같았다.

  내 유년시절의 추억 공간이 준비된 마음 없이 사라질 거라는 생각은 전혀 못 했다. 묵묵히 자리를 지켜온 그 집은 결혼하고도 가끔 찾아가서 시간과 계절의 변화를 느끼며 유년의 뜰을 실컷 거닐다가 오곤 했었다. 큰 마당은 나의 놀이터였고 부모님 품 안이었다. 고향집에 한번씩 다녀오면 희망과 꿈을 가슴에 품게 만들었다. 다정한 친구들에게 한편의 이야기를 들려 줄 수 있는 고향집, 기억 속에는 변함 없이 남아 있다.

  어느새 세월은 십년이 지났다. 주인이 바뀐 지 오래되고, 지금은 작은 암자로 변하여 신도들이 드나들고 있지만, 가끔은 무심코 떠오르는 그 집 주변의 풍경이 나를 부른다. 다시 그 집으로 달려가 마음의 짐을 덜고, 새로운 힘을 얻고 싶다.

  남해바다 멀리 떠있는 배 한 척이 보인다. 고향의 잔잔한 바다가 떠오른다.

검정콩과 흰콩

넓은 소쿠리에 흰콩이 가득하다. 흰콩 속에서 검정콩 하나가 보인다. 검정콩은 외톨이다. 흰콩 무리에 검정콩 한 알은 아주 외로운 처지다. 궁중 속에서 외롭다는 것은 힘이 부족함과 같다. 한 단체에서 의사 권이 덤으로 넘어가는 일도 있다. 적은 숫자는 다수 쪽으로 두루 뭉실 섞어 버리거나 떨어져 나갈 수 있다. 검정콩 한 알은 부담 없이 그럴 수 있지만, 사람의 위치는 다르게 다가온다.

칠남매 속에 딸 하나, 나는 영원한 외톨이다. 딸들 속에 아들로 태어난 남편도 다섯명 시누이 속에서 남자로 외로운 사람이다. 둘은 큰 숫자에 갇혀서 외로운 처지인 셈이다. 한번 정해진 색은 영원하다. 애초에 성별이 다르니 같은 색이 되지 못한다. 성별이 같아도 주어진 선이 다르니 외로움은 더 크게 와 닿기도 한다. 소쿠리 속 검정콩처럼 덤으로 넘어가서 우두커니 바라보며 섞일 수 있다.

 올케와 시누이는 같은 성별이지만, 동색은 아니다. 시누와 올케 사이도 동색이 될 수 없다. 대화가 다르고 행동도 다르다. 예전에는 흰콩을 많이 심었다. 흰콩 수확을 보고 자란 나는 숫자가 많은 쪽을 흰콩으로 정했다. 한순간이나마 숫자가 많은 쪽을 시누이든 올케든 흰콩 무리로 지칭했다. 그 흰콩 속에 검정콩 하나를 바라보고 은연 중에 큰 숫자에 짓눌린 검정콩이 나 같은 처지 같았다. 숫자가 적은 쪽을 검정콩으로 정해놓고 보니 나는 올케 자리도 검정콩이고, 시누이 자리에서도 검정콩인 셈이다.

 그이는 여자들 속에 자라서인지 세심하다. 시집 집안행사가 있는 날에는 시누님들 틈에서 검정콩의 고충은 삭혀야 한다. 그와 나는 다른 환경에서 자라면서 배인 관습은 좀처럼 바뀌지 않는다. 형제들 속에 자라온 나는 남자처럼 단순한 편이다. 꼼꼼하지 못하다는 것은 인정한다. 흰콩이 검정콩 단점을 찾는 것은 숫자만큼 쉽다. 여차하면 외톨이 검정은 구르지 않아도 흰콩으로 튕겨 습자지 먹물처럼 번져 나간다. 특별한 날이면 매번 느낀다. 그냥 약자로서 있는 게 편하다.

친정에서는 올케들 앞에서 내가 선장 노릇을 하면 안 된다. 만남에 부딪힘을 생각해서 최소한으로 말을 줄여서 한다. 그리고 아주 편한 승객 대우를 받으려고 해도 안 된다. 늘 평범한 자가 편한 것처럼 그 법을 지켜야 한다. 자연스럽게 논리를 접어야 한다. 윗사람으로 대우받는 것은 체념하고, 오히려 아랫사람을 배려해야 한다. 쉬운 듯하지만 가장 어려운 관계다.

큰아이 모임에서 이런 논리로 어긋난 사람이 힘들어하는 것을 보았다. 비단 검정콩과 흰콩의 관계는 시누이와 올케 사이에서만 존재하는 것이 아니다. 작은 모임에서도 흰콩과 검정콩의 대세같은 그런 게 보인다. 시누이와 올케처럼 가지고 흰콩과 검정콩의 열세를 비율로 정할 것은 아니다. 그 시대 맞추어 흰콩은 아들만 가진 사람이고, 검정콩은 딸만 키워온 엄마라고 정해놓고 보았다. 흰콩은 검정콩을 다 이해 못 하고 검정콩 역시 이해 안하려고 했다. 주어진 환경에서 묻어버린 색은 바뀌지 않는다.

흰콩은 딸을, 검정콩은 아들을 낳지 못한 아쉬움의

감정이 숨어 있었다고 할까. 아들만 키운 사람과 딸만 키운 엄마는 나름의 색깔은 뚜렷하게 나타내기도 했다. 흰콩과 검정콩은 스스로 갖지 못한 것에 대해 부러움인지 서로 주장하려는 그 무엇이 있었다. 순간 튀어나온 언어들이 감정을 부추기는 게 아닐까 하는 생각에 멈춘다. 그러나 아들딸을 키워 온 자는 온전히 갖지 못한 사람보다 어떤 여유라고 할까. 분명 다르고 달랐다. 검정콩과 흰콩이 한 몸덩이에 절반씩 색깔을 낸 것과 같은 모습처럼 각각 다른 처지를 이해하는 부분이 느껴졌다.

삼십 년 전, 내가 출산하던 시기는 아들을 낳아야 한다는 부담감이 없지 않았다. 아들과 딸만을 둔 사람을 흰콩과 검정콩에 비유하면서 어느 쪽을 좋다고 말할 수 없다. 검정콩과 흰콩을 아들딸이라고 지칭하는 것은 나의 위치 때문이고 나만의 생각이다.

80년대에 큰아이 엄마들 모임에 아들 가진 엄마들의 기세가 더 당당했다. 그러니 아들 가진 엄마가 우세한 편이라 흰콩을 지칭하는 흰 깃발이었다. 딸을 가진 엄마는 자연스럽게 검정콩에 검정 깃발을 들게 된 셈이다. 그런데 아이들 결혼적령기 때는 흰콩과 검정콩의 기세에 변화가 있었다. 흰콩이 검정콩보다 힘이 없다는 이야기들이 줄줄이 나왔다.

　출생도 시대에 따라 대우도 혜택도 다르다. 해방 후 친정엄마는 아들만 연달아 낳아 마음 편히 살았고, 반대로 시어머니는 딸만 연달아 내리 낳고 시집에서 설움을 받았다. 하지만 귀하면 존재가치가 높은 것처럼 그 당시 나는 외동딸로 태어나서 아들만큼 축복받고 성장했다. 요즘은 아들딸 출생이 모두 축복받고 환영받는다. 출생률이 낮으니 신생아 울음소리가 흔하지 않다. 정부에서 지원금까지 지급하며 출산을 장려하는 시대다.

　현대는 시가와 친정이 동등한 위치에 있는 것처럼 보이지만, 흰콩 수확이 많았던 시절 그때보다 친정엄마가 더 우월함이 느껴진다. 언제부턴가 고부갈등이 아니라 장서갈등으로 이혼한다는 경우가 있는 것처럼. 예전에는 검정콩 수확이 적은 숫자였던 게 요즘은 늘어나서 큰 대우를 받으며 우세한 깃발을 흔드는 현실이 되어버렸다. 출산에는 아들딸 차별 없다지만, 장모가 두드러지게 대접받고 시어머니가 열세 받는 세상이기도 하다.

　아들보다 딸이 남자보다 여자가 더 당당해지고, 며느리보다 시어머니가 며느리 시집을 살아야 한다는 말도 가끔 흘러나온다.

  나는 흰콩들 속에 검정콩으로 태어나서 형제관계에서는 영원히 흰콩이 될 수는 없다. 그리하여 자식을 키우면서 절반의 세계를 탐색하도록 삼신할머니가 나에게 남매를 점지해 주었는지 모른다. 그저 좋은 게 좋은 일이라며 주어진 나를 더 사랑할 수밖에 다른 방법이 없다. 시누이도 올케도 나에게는 든든한 울타리로 버팀목이 되어주고 있어 그저 고맙기만 하다.

그냥 사랑하기

퇴근길에 휴대전화가 울린다. 예전에 내가 미친 듯이 사랑했던 남자의 전화다. 어떤 일로 전화를 하는 것일까. 그가 나보다 젊은 여자를 만나 남의 편이 된 후 의도적으로 무관심했다. 먼저 전화도 하지 않고 보고 싶은 마음을 자제하고 있었다. 계속 신호가 울리는 스마트폰 진동은 온몸을 흔든다. 버스 안이라 모른 척 안 들은 척할까 하는 생각도 없지 않다. 버스 안은 조용하다. 하나같이 핸드폰을 들고 자기만의 세계에 빠져 있다.

 결혼한 아들이 두 여자 사이에서 힘들어할까봐 내가 물러서는 중이다. 아들이 전화하지 않으면 바빠서일 거로 생각했고, 서울에서 집안행사에도 오지 않으면 더 바쁜 일로 올 수 없는 처지로 이해했다. 가끔은 카카오톡방에서만 안부를 전하는 그 남자가 이제껏 내가 사랑했던 자식의 본모습이라는 게 야속해 전화를 들었다 놓았다 하기를 몇 번이나 하다가 마음을 접기도 했다.

 틈나면 스님의 법문을 들었다. 법문 중에 스무 살이 넘은 자식은 부모와는 상관없다고 생각하란다. 그러면서 젊은 여자와 나이테 두꺼운 여자 사이에서 힘들게 하지 말고 홀로 서게 도와주어야 한다는 말씀이 귀에 쏙 들어왔다. 그래서 내 입장만 생각해온 옹졸한 가슴 밭도 조금씩 넓혀 가는 중이다.

 미운 정 고운 정 다 들었는데 정 떼기가 칼로 무 자르듯 쉽지는 않았다. 얼마 전까지 그 남자를 위해 챙겨주던 일이 이제는 나의 몫이 아니고 젊은 여자의 몫이 되어 버렸다. 습관처럼 해주던 것을 할 수 없다는 것이 나를 슬프게 하지만, 오히려 나은 일인지 모른다. 나 대신 아들을 알뜰살뜰 보살펴주는 사람이 생겼으니 고맙다고 해야 할까.

 전화는 멈추고 문자가 도착했다. 부산 본사에서 진급시험을 보게 되어 집에 온단다. 몇 시쯤 부산역 도착이란다. 저녁을 함께 먹고 싶다는 글자에 마음이 부산해졌다. 아들이 잘 먹고 좋아했던 음식을 준비하려고 시장에 갔다. 애호박이 눈에 들어왔다. 달걀에 묻혀 방금 굽어낸 애호박전을 잘 먹던 모습이 먼저 떠올랐다. 채소랑 해산물을 잔뜩 사서 담은 장바구니가 무겁다.

 하지만 마음은 허공을 날 듯 가벼웠다. 같이 살 때는 늘 그러했다. 무엇이든 만들어서 함께 먹으려고 애를 썼다. 아들은 돼지두루치기도 좋아했고, 싱싱한 생선회도 즐겨 먹었다. 어쩌다 머무는 시간은 짧은데 좋아하던 음식들은 왜 그렇게 많은지.

 이번에도 내가 만들어 주었던 음식들이 불현 듯 생각나서 일부러 저녁식사 시간을 맞추었는지도 모른다. 식탁 가득 푸짐하게 차려 낼 음식 재료들을 준비할 때 콧노래가 절로 나왔다. 평소에 아무렇지도 않다고 했던 말은 여태껏 겉으로만 아닌 척했던 것이다. 마음 편하다고 한 말은 거짓말쟁이의 언어놀이였나.

 이웃에 구십살 넘은 할머니는 고령이지만 참 곱게 늙은 모습이 멋스럽다. 멀리 있는 자식들의 안부를 매일매일 궁금해한다. 손자들 대학 진학이며, 취업과 결혼까지 다 챙겼다. 자녀들이 여간 힘든 게 아닌 듯하나 자식들은 누구도 싫어하는 기색을 보이지 않는단다. 하루만 자식들 전화가 오지 않으면 근심 어린 모습이 역력했다. 내 친정엄마의 특효약이 서울 살던 큰오빠 전화였듯이, 그 할머니도 똑같았다. 전화가 오면 우울했던 표정이 환해지면서 금방 효과를 나타낸다. 웃음이 나오고 아들자랑이 시작된다. 오로지 아들 생각으로 하루를 쥐었다가 폈다가 반복하는게 일상이 된 것 같다.

  나도 아들이 서울로 떠난 후, 한동안 빈방을 보고 굼벵이처럼 소식이 뜸해지면 무기력증이 심했다. 백화점에서 쇼핑도 하고 친구들도 만났지만 크게 달라지지 않았다. 하고 싶은 일이 없었다. 그런데 아들이 온다는 문자에 싱크대 안이 명절 대목만큼 풍성하게 한가득 채워진 식재료들. 아들 맞이할 준비로 신나게 몸을 움직였다. 오곡밥까지 해두니 생일이라 해도 무방하지 않을까.

  인생선배들의 이야기를 듣다 보면 노후의 삶이 시작된 거나 다름없다. 수십 년을 좋아한 사람과의 이별, 그리고 아들바라기만 하는 부모들의 쓸쓸한 이야기가 귀 밖으로 들리지 않는다. 조금씩 마음 접기부터 해야 할 것 같았다. 쉽지 않다. 늘 챙겨 주던 일이 해줄 게 없다는 것을 알아차리고 애써 태연한 척

체면도 걸어본다. 다른 일 하나에 집중할 방향을 찾고 있다.

  자식이 성장하면 가정을 이루고 그 자식은 부모를 닮아 잘 살아낸다. 다만 한 가정에 살고 있지 않을 뿐인데, 어미는 일방적이고 무조건적인 짝사랑 같은 놀음을 하면서 심한 가슴앓이까지 하며 지낸다. 힘차게 살고 있는 것만으로도 만족해야 할 부모는 잔정에 굶주리고 불만을 느끼는 일이 예사다. 부모의 본능인 정은 나일론 끈처럼 질기고 잘 끊어지지 않는 이유 때문이겠지. 어느 책에서 읽은 한 구절이 떠오른다.

  "아이들은 스스로 자신의 삶을 갈망하는 큰 생명의 아들딸이니 그들은 그대를 거쳐서 왔을 뿐 그대로부터 온 것이 아니다. 그대는 아이에게 사랑을 줄 수 있으나 그대의 생각까지 주려고 하지 마라. 아이들에게는 아이들의 생각이 있으므로." 이 명인의 이야기처럼 엄마는 엄마의 방법으로만 사랑을 전달할 뿐이다. 품 안의 자식이라는 말을 수없이 듣고도 아들이 결혼한 직후 빈둥지증후군을 꽤 오래 앓았다. 엄마가 없으면 큰일 날 줄 알고 항상 일순위로 여기고 살던 자식을 이젠 놓아줘야 할 때다.

이번에 만나면 무조건 그냥 사랑하기로 했다고 말하리라.

변해야 삽니다

긴 연휴 때다. 매일 뉴스 속에는 코로나19에 관한 기사가 중점을 이루고 그 영향으로 직원들에게 연차와 함께 회사 전체가 휴업을 하던 그때, 아들네도 휴가를 색다르게 구상해 왔다. 일주일 쉬는 동안 가족이 절반으로 나뉘어 살아보기로 짰단다. 아들은 네 살 된 손녀만 데리고 부산으로 왔고 며느리는 손자랑 친정집이 있는 인천으로 갔다. 각각 헤어져 얼마간 지낸 후 만나자고 약속했단다.

아들, 며느리 중 누구의 아이디어인지 궁금하여 물어보았다. 아들이 낸 의견이란다. 엄마보다 아빠만 늘 함께하려는 두 아이 보살핌 무게를 혼자 지고 일주일을 보내야 하는 것보다, 더 효율적인 휴가에 대한 기대를 안고 있었다. 일곱 살과 네 살의 남매가 서로 다투는 시간이 많던 참에 잠시만이라도 떨어져 생활해보는 것도 괜찮을 것 같다는 마음이 나도 지배적이었다.

결혼하고 분가한 아들이 명절이나 특별한 행사에는 늘 함께였기에 모처럼 주어진 긴 휴가동안 외짝 방문은 생소함도 없지 않았다. 평소에 여러 날을 보낸 적도 없었다. 결혼 후, 어떻게 생활하는지 정확하게 알 수 없었던 나는 늘 마음속으로만 걱정 아닌 걱정을 하곤 했다. 하루 이틀 지내는 동안 든든함이 순간순간 내 가슴 속으로 파고들었다.

80년대는 남자가 가사분담을 전혀 하지 않고도 문제가 크게 되지 않은 시대였다. 직장 다니는 아들을 위해 엄마로서 편하게 지내도록 배려하고 청소기도 한번 돌리지 않고 생활했던 사내였다. 결혼식 앞두고 내가 말했다.

"아들! 청소기 한번은 돌려보고 장가가는 게 좋지 않을까?"라고.

"네가 결혼하고 청소기 돌리고 있으면 이 엄마가 조금 억울(?)할 것 같으니 말이다."

아들은 그때 멋쩍게 웃음을 짓더니 청소기를 돌렸다. 번갯불에 콩 볶는 식으로 금방 청소가 끝났다며

TV앞에 앉아버렸다. 섬세하지 않은 것은 나를 닮은 것 같아 더러 걱정이 되기도 했다.

 아들이 결혼할 무렵에는 언론의 뉴스나 연예인 토크 프로그램의 남자들 일상 하나도 눈에 들어왔었다. 예전에 들리지 않고 보이지 않던 생활방식의 이야기들. 교육의 현실에 잡혀 있던 아들은 중고교시절뿐만 아니라 대학시절에도 학교 일 외는 관심이 없었다. 회사 다니면서도 마냥 자유로운 몸이었던 그런 아들이 변해도 너무 많이 변했다.

 제 딸아이를 씻기고 밥까지 하려고 이것저것 물었다. 엄마가 일시나마 대신해주고도 싶었지만, 아들을 위해 배려하는 것보다 맡기는 것도 괜찮을 같았다. 손녀도 할머니보다 아빠가 모든 걸 다 해길 바랐다. 나의 몫이 아니었다. 무조건 인정으로 해주던 그 모든 것들에서 벗어나고 냉정해져야 한다는 마음으로 돌아섰다. 삼십 년을 보살펴 준 것으로 만족해야 하고 지켜보는 일도 내가 해야할 몫으로 자리 잡았다.

 그간 모자간의 정으로 쌓아 온 것들을 끊어 내려고 하면 한둘일까. 습관처럼 하던 일을 다 끊어 내기가 어디 말처럼 쉬운 게 있을까. 의, 식, 주를 떠나 모든 것을 다 해주고도 부족한 것 같다는 부모마음으로 해주는 일이 습관적인걸. 아들과 같은 지역에 살지 않아 자주 보지 않은 틈에 아들은 다르게 성숙해 있었다. 아빠로서 딸아이를 씻기고 챙겨 먹이고 참으로 많은 훈련이 됐구나 싶었다.

마침 내가 다른 아파트로 이사한 지 얼마 안 되는 시점이었다. 이삿짐 박스도 제대로 풀지 않은 것과 정리하고 버려야 할 쓰레기들을 쌓아두었다. 아들은 소매를 걷어붙이고 정리하는게 예사롭지 않았다. 내 눈에는 공부하던 모습만 자리하고 있었는데 어느새 일꾼이 되어 있었다. 가정주부 모습처럼 앞치마를 입고 설거지도 서둘러 했다. 아들이 예전 같지 않았다. 자기 딸이 잘 먹는 음식을 만들어 주는 것 보고 내가 괜한 걱정을 했다는 걸 알았다.

딸네 집에 가면 사위가 부엌에서 무엇을 만들어 주겠다고 애를 쓰는 게 마음이 편하지 않은 것도 사실이었다. 사위가 부엌일을 척척해내는 걸 볼 때마다 자식의 가정교육은 공부가 다가 아님을 알았다. 아들은 밥을 아예 할 생각도 못 할 건데 사위는 한다고 하고 있으니 그것도 공평하지 않아 싫었다. 어설프게 키워 장가 보낸 것 같아 며느리가 마음고생하면 어쩌나 싶어 늘 마음이 쓰였다. 며느리 쪽 사돈에게는 미안했고, 사위 쪽 사돈에게는 고맙기 그지없었다.

  아들딸 둘 다 서울에 산다. 이래저래 아들집이나 딸집 가도 마음 편하지 않으니 자주 안 보는 쪽이 오히려 득이 될 때도 있었다. 자주 보지 않아 아쉬움도 많지만, 때로는 다행한 일이라 생각한다. 아들 딸 키우며 정을 쌓아둔 그 마음자리를 조금씩 비워내고 있다.

  내가 못 보고 모르는 사이 아들은 한 가정의 가장자리를 잘 다듬어가는 중이었다. 저녁을 먹고 음식물 찌꺼기까지 서둘러 버리고 와야 한다며 통을 들고 나갔다. 마트에 들러 맥주까지 사서 들고 들어오는 걸 보고 나는 칭찬의 말을 던졌다.

"아들! 많이 변했다."

"엄마! 변해야 삽니다."

  엄마에게 맥주 한 잔 따라주는 아들은 이제는 누구의 보호막이 필요없는 한 가정의 든든한 기둥이 되어 버팀목으로 자리 잡았다. 그것도 아주 신세대 물을 듬뿍 머금고 달려가는 중이란다.

  이제는 내 마음에 차지하고 있던 아들의 옛모습을

다른 그림으로 바꾸어 걸어두는 일부터 해나갈 참이다. 맥주 한 잔이 시원하게 넘어간다.

혼자보다는

졸혼이란 말이 간간이 들려온다. 직장 다닌다고 정신 없이 살던 남자는 이유 없이 그 자리를 빼앗기고 스스로 물러서서 말한다. 혼자 밥 해먹고 혼자 자는 게 편하다고 하지만 퇴직하고 놀고 있다고 눈치 주는 아내가 싫어서 선택한 남자도 있으나, 대부분 남자는 혼자 살기를 원하지 않을 것이다. 요즘은 요리를 배우는 남자가 많다는 기사도 본 적이 있다. 부엌에서 앞치마 입고 설거지하는 모습도 TV에서 자주 봤다. 혼자살기 위한 수업일까.

시끌벅적 하던 공간에 혼자 남았다. 우선 외롭다는 생각보다 홀가분한 기분이다. 꽉 찬 모종판에 홀로 떨어져 남은 느낌이랄까. 시끌벅적 둘러 앉아 밥 먹던 시간은 없어지고, 공간 속에 한가로운 시간만 흐르고 있다. 여유롭다. 서둘지 않아도 되고 조급한 맘도 없다. 밥과 반찬을 챙겨 주어야 하는 대상과 그에 따른 고민이 없다. 이래서 혼자살기가 좋다고 말할까.

 먹고 싶으면 먹고 굶고 싶으면 굶으면 되는 자유가 반복되니 그저 편안함에 젖어든다. 식사시간을 정해놓고 먹는 날보다 안 먹는 날이 더 많아진다. 점점 게을러진다. 음식을 요리해서 먹는 것보다 있는 걸로 대충 먹는다. 예전에는 사 먹는 반찬에 거부감 가졌던 걸 이제는 반찬사는 마음을 100%로 공감하며 반찬가게도 기웃거린다. 즐겨 먹는 반찬 몇 가지 골라 샀다. 사온 반찬은 내 입맛에 안 맞다. 정성이 없어서 그런 거라고 말한 음식솜씨 좋은 올케언니 생각이 났다.

 음식을 만들 때 손맛은 단순한 것이 아니다. 정을 이어주는 끈끈한 정도 스며든다. 혼자가 아니고 둘일 때 맛깔 있는 솜씨는 원동력이고 윤활유다. 혼자라면 감사한 일도 모르고 귀찮아하고 때로는 만들기 싫어 짜증나는 일도 없다. 천년만년 함께 할 사람처럼 좋은 말보다 듣기 싫은 말을 더 자주 흘리지 않았는지 머리로는 알면서도 마음은 고쳐지지 않고 쉽게 뱉은 말버릇으로 예사롭게 한다.

　신혼은 혼자보다 둘이 좋았다. 세상은 늘 좋은 일만 함께하지 않는다. 맑은 날과 흐린 날이 반복하며 세월이 흐른다. 때로는 남편이 아프고 반대로 아내가 아픈 날 서로의 정을 확인하고, 아픔을 남겨놓고 떠나가기도 한다. 하지만 지인 중에 남편이 아프니 남편한테 시어머니에게 가라는 말을 한 며느리와 남편을 노모에게 병간호하라고 통보하는 며느리가 있다.

　그 첫번째는 외숙모 댁의 질부다. 외숙모님은 아들을 저세상으로 먼저 보낸 슬픔보다 며느리의 말이 섭섭해 울고 또 울었다. 직장암에 걸린 남편을 노모께 가라고 했다는 그 말이 한없이 슬프고 슬퍼서 몇 번을 곱씹었다고 했다. 얼마나 마음이 아프고 슬펐으면 틈만 나면 누구에게든 말할까 싶다.

　두번째는 지인의 며느리다. 다른 지인의 말을 들었을 때도 귀를 의심하며 들었다. 아들과 며느리 자랑이 끝이 없었던 사람이다. 바라만 보아도 훌륭한 자식을 낳아 주어 감사하다고 늘 인사하던 며느리라고 자랑했다. 그런데 어느날 불행은 한순간에 일어나듯이 아들이 뇌종양 진단을 받았다. 몇차례의 수술과 입원이 거듭되니 며느리는 은근히 시어머니 쪽에서 병간호 받기를 유도했단다. 그때 며느리의 당돌한 행동에 아픔을 꼭꼭 숨기며 하는 수 없이 아들을 요양병원 입원을 선택했다고 지인은 담담하게 말했다.

 젊어서 남편과 사별하고 아들 셋을 키워 결혼까지 뒷바라지한 지인은 며느리가 난데 없이 아픈 아들 병간호를 거부하면서, 시어머니가 했으면 좋겠다는 말을 하는 것을 직접 듣고 벼락을 맞은 거나 다름없었다고 털어 놨다. 그전에는 입 서비스로만 효를 다했던 며느리였다고 덧붙였다. 그건 지인의 재력이 한 몫 했다 생각하니 왠지 더 씁쓸했단다.

 우리는 혼자 사는 것으로 점점 길들어가고 있는 것은 아닐까. 혼자 산다는 것은 꼭 좋은 것만은 아니다. 가끔 고독사했다는 신문기사를 볼 때도 혼자살기는 현대의 아픈 이야기로 이어진다. 혼자일 때 보다 둘이어서 좋은 일이 더 많다고 말하고 싶다. 젊은이들이, 결혼도 자유롭게 하고 자식도 키우면서 더불어 살며, 보람을 찾는 사회로 이어졌으면 하는 바람만 가득 남는다.

『30년만의 휴식』을 읽고

[그대로의 자기를 누리는 기쁨]

　마음 속 아이를 만났다.『30년 만의 휴식』은 나와 남편의 마음을 다시금 발견하고 재확인하게 하는데 보탬을 주는 데 일조했다. 내 안에 성숙한 관계를 방해하는 장애물을 갖고 있다. 정신분석에서는 그 장애물이 유년기의 상처 혹은 심리적 갈등을 지칭하는 것으로 마음 속 아이라고 했다. 자기만의 장애물을 이해하고 제거하는 것이 좋은 인간관계를 위한 진정한 시작이라는 구절에 크게 공감하며 단숨에 책을 읽어 내렸다.

　결혼 후 남편과의 생활방식이 다르고 차이가 컸다. 남편은 농촌에서 성장하고 일벌레처럼 일만 했다. 일에 온 정열을 다 쏟으며 시간을 보내는 것이 내 마음 속의 아이와 반대였다. 매우 힘들었다. 여가의 삶을 추구하고 싶은 바람은 깡그리 무너졌다. 상대방은 부지런히 일만 하면 된다는 집념에 숨이 막힐 것 같았다. 일과 돈에 만족하며 숨차게 뛰고 또 뛰는 생활을 오롯이 맞추어야 했다. 성공만 하면 모든 것이 좋아지리라는 단순한 논리에 꿈과 희망을 품었다. 남편은 일중독에서 벗어나지 못했다. 바쁘면 바쁜대로 한가하면 한가한대로 일에서 손을 떼지 못했다. 힘든 일상이 전부였다.

나는 순종적인 아내 위치에서 반항하는 아내로 변했다. 반감을 품은 나는 짜증이 늘었다. 부정적인 말을 쏟아내는 일이 잦아졌다. 마음 속 아이는 부부싸움을 자꾸만 일으켰다. 남편과 함께하는 시간을 되도록 줄였다. 각각 갖는 시간의 빈도가 높아졌다. 내 위치가 점점 좁아지고, 자신이 작아지기 때문에 분노가 일어난다는 걸 마음 속의 아이를 통해 알았다. 그 아이를 통해 다툼이 더 잦았다는 걸 알고 쓴웃음을 머금었다.

인간의 마음은 보이는 부분과 보이지 않는 부분으로 나누어져 있다는 것을, 『30년 만의 휴식』을 읽으면서 깨달았다. 그러지 말아야 한다는 것을 알고 있으면서 무의식에서 일어나는 감정은 그대로 표출됐다. 무의식은 굉장한 영향력을 지니고 나의 감정과 행동을 지배했다. 하루하루 마음의 상처를 받은 채 무의식 세계에서 살아왔다. 놀라운 사실을 알았다.

늘 내가 왜 이럴까. 우울한 것은 무슨 문제인지? 알 수 없는 질문들을 수없이 던지면서 마음을 다스렸다. 원만한 결혼 생활을 위해 종교의 힘에 의존해 보고 스스로 답을 찾으려 애를 썼다. 나만의 취미생활을 시작했다.

마음 속의 아이를 긍정적인 잣대에 올려놓았다. 자신을 자유롭게 만들기 위해서 내면세계까지 이해가 필요했다. 남편이 일하는 모습을 보고 칭찬할 수 있어야 했다. 노력을 아끼지 않았다. 게으름뱅이 남자를 만났다면 어떡했을지. 아마 이보다 훨씬 힘들었을지도 모른다고 생각을 바꾸었다.

결혼생활 한지 30년을 훨씬 지난 후부터는 아주 자유롭다. 『30년 만의 휴식』을 읽으면서 한 문장 한 문장 공감하며 읽었다. 책 속에서 그대로의 자기를 누리는 법을 찾은 셈이다. 상대방이 변하지 않으면 내가 변하면 되는 걸. 아니면 그대로를 인정하면서 행복지수를 더 높이는 방법도 터득했다. 책 속에 진리가 있고 배움 속에 지혜가 있다는 걸 교훈으로 얻었다. 좀 더 일찍 이 책을 읽었더라면 하는 아쉬움이 남았다. 지금도 무의식에서 나오는 장난으로 고통받고 있는 이들에게 한 번쯤 권하고 싶다.

오랫동안 잠재되어 온 상대방의 생활습관은 쉽게 바뀌지 않는다. 조금씩 이해하며 서로의 처지를 인정하는 쪽이 훨씬 마음이 편했다. 자신을 먼저 깊이 이해할수록 그만큼 더 자유로워졌다. 마음의 휴식을 찾고 먹구름 같은 벽은 사라졌다. 온통 핑크빛 담장이뿐이다. 편안한 휴식을 맞이하기까지 끝없는 노력이 필요했다. 책 속에서 재발견한 것이 참으로 다행이라 생각한다. 이 책을 권해 준 이에게 돈보다 더 큰 재산을 얻게 되었다고 전하고 싶다.

『30년 만의 휴식』은 자신을 되돌아볼 수 있는 자기계발서의 내면 여행을 담은 내용이 이름만큼 큰 의미를 부여했다. 한번씩 꺼내보면 좋은 친구를 만나는 만큼 도움되는 책으로 머릿속에 오랫동안 남아있다.

검정 고무신

너랑 내가 어떻게 거기서 만났지? 까마득히 잊고 있었던 너를 다시 만나서 정말 반가웠다. 비 오는 날, 이렇게 마주하고 나니 옛날이 새삼 그립다. 예전에는 늘 살갑게 함께 할 수 있었던 너랑은 비 내리는 날이면 더 좋았지. 온 천지에 빗방울이 뚝뚝 떨어지는 날 논두렁길을 걸을 때 더 신바람이 났던 게 생생하게 떠오른다.

어린시절 나의 발끝을 지켜주던 너를 떠올리면 마음 한구석이 따뜻해진다. 땅바닥을 맨발처럼 가볍게 누비고 다니게 해주던 너는 단순한 일상의 신발이 아니라, 내 어린세계의 작은 모험을 체험하도록 한 친구였었지.

젖은 땅을 뛰어다니던 기억이 난다. 첫돌 무렵 걸

음마 배우는 유아에게 자주 나던 소리처럼 발바닥 밑의 삐악소리가 따라다녔던, 내 발에도 늘 네가 함께했었지. 시냇물 따라 떠내려가는 검정 고무신을 잡겠다고 물 위를 첨벙첨벙 따라가며 놀던 유년 시절을 잊을 수가 없다. 물이 든 신발에서 삐죽삐죽하는 소리까지 즐겼지. 너를 다시 보니 가난한 시대에 배고픔의 상징으로 떠올라도 나는 부모가 살아 계시던 그 시절이 좋았다.

문학시화전에서 전시된 너의 모습을 보고 깜짝 놀랐다. 너무나 세련된 모습으로 품위 있는 자태로 멋지게 놓여 있는 그 자리에서 쉽게 떠나지 못했다. 얼굴과 머리에 붓으로 멋을 낸 모습이 마음에 쏙 들어 지폐 몇 장을 주고 샀다. 사실은 너의 몸값이 비싼지 싼건지도 모르고 조명 속에 비추어진 모습이 마냥 좋았기 때문이다.

멋은 부렸지만 모양은 옛 그대로였던 너. 변화를 주었지만 너의 몸값은 상상할 수도 없는 것이었다. 전시장에서 판매도 된다는 글을 보고 비싸도 좋아 너를 보고 그냥 지나칠 수 없었던 거야. 아련한 추억이 마음을 흔들고 너와 함께하고 싶은 마음이 가슴 속을 파고 들었다. 옛친구를 만난 듯 아주 반가워 덥석 안고 뽀뽀라도 매일 해주고 싶었다.

 6.25전쟁을 겪은지 십년도 채 되지 않았던 시절, 시대적으로 가난한 시기에 너는 서민의 발과 함께 너는 더 열심히 뛰어다녔다. 일에만 힘쓰는 게 삶의 전부인 줄 알았는데. 검정 고무신은 조용하고 평범한 존재였지만, 그 속에 묻혀 있던 이야기들은 절대 평범하지 않았다. 힘들고 어려운 시절에도 가족이 함께 웃을 수 있었던 소박한 순간들과 소중한 기억들. 아름다운 추억들이 나를 자라게 했다.

 지금은 화려한 신발이 차고 넘치지만, 그때 고무신이 주던 편안함과 따스한 느낌은 잊을 수 없다. 검정 고무신은 단순한 발걸음의 도구가 아니라, 삶의 한 페이지 한 페이지의 동반자였기 때문이다.

 머리에 꽃 그림으로 단장하고 근사한 전시회에서 사람들의 시선을 끌 것이라고 생각이나 했겠니? 너를 보는 순간, 고향에서 너와 함께했던 일들이 한꺼번에 떠올랐다. 여름이면 아이들과 개울가에서 물장구치며 놀고, 걸을 때 질겅대는 소리가 아주 정겹게 다가왔다. 애틋한 정으로 솟아올랐다.

 너를 안고 집으로 온 후, 신발장 안에만 두고 혼자만 외출하기 싫어서 비 오기만을 기다리기도 했다.

비 오는 날이면 전혀 어색함이 없는 자리. 내 큰 발을 감싸고 껴안아 주고 참하고 예쁜 발로 보이도록 해주어 좋았다. 어떤 신발을 신어도 밉던 발이었는데 고무신은 엄마 품처럼 편했다.

옛날에 검정 고무신은 시커멓고 밋밋하여 멋이라고는 없었다. 투박한 모습이 전부였는데, 이마에 붓으로 살짝 멋을 부리고, 볼에 연지를 찍어놓은 네가 또 얼마나 품격이 있어 보였던지. 세월이 흐른 만큼 몰라볼 만큼 세련되게 성장한 너를 보니 가슴이 뭉클하더구나. 내가 성장한 만큼 너도 화려하게 변해서 더 반가웠다.

묵묵히 고생한 너는 더 화려해도 괜찮다. 여유를 찾아 편하게 변한 너가 진급한 친구를 만난 것 같았다. 비 오는 날 물에 젖으면 젖은대로 수건으로 물기를 닦으면 뽀송뽀송해진 발. 운동화나 구두처럼 눅눅하지 않아 기분마저 상쾌했다. 금방 신을 수 있는 간편함이 어쩌면 내 성격과 딱 맞다. 짝지 같고 지나치게 화려하지 않은 네가 정이 더 갔다.

첫 직장에서 너와 닮은 흰 고무신을 만난 적 있었다. 그때는 장소가 장소인 만큼 아무런 감흥도 없었다. 병원수술실 실내화의 의무를 지니고 있을 때는 그렇게 반가운 줄 몰랐다. 그냥 단순한 고무신이 고무신일 뿐이라고 여겼다. 나이를 먹은 탓일까. 흰색보다 검은색이 주는 묵직함 때문이었을까. 너는 어린시절의 추억을 몽땅 떠올리게 했다. 그건 색깔이 주는 느낌만은 아니겠지.

  나이 들면 추억을 들먹이며 산다고도 했지. 요즘은 점점 옛것이 그립다. 새로운 것을 맞이하는 것보다 오래 전부터 스며있는 옛것들에 더 끌리니 말이다. 텔레비전에서 농촌 프로그램에 더 관심을 두고 종종 본다. 세월의 흐름 속에 채워지지 않는 그리움 때문이 아닐까.

  너를 자주 만났던 시절은 아주 배고픔의 시절이었지. 그래도 지나고 보니 우리가 가장 열심히 살았을 때였고, 너는 유익한 존재였다. 물품 부족에 없어서는 안 될 너의 존재라는 그 원동력에 더 신났던 것 같다. 마음 속 깊은 곳에 어릴 적 검정 고무신처럼 소박하지만, 마음을 지켜주는 그 기억들이 쌓인 것처럼, 소중한 작은 것들을 마음에 품고 싶다.

  검정 고무신은 온 누리에 활개치던 세상에서 그 희망의 노래를 다시 부르고 싶어 한다.

가족여행

괌에 도착했다. 숙소에서 바라보는 해변은 아주 평온하다. 물안개가 피어오른 해운대가 떠오른다. 때 묻지 않은 순수한 아이처럼 모래성 쌓기부터 하고 놀던 바닷가를 바라보았던 그 마음이라 그냥 좋다.

매년 새해맞이를 했다. 일 년 해가 지는 섣달그믐이면 여행가방부터 챙겼다. 짐을 싸서 떠나는 것이 우리 집 연례행사였다. 한 해 동안 무겁도록 찌든 일들을 내려놓고 새로운 다짐을 하듯이 온 가족이 여행을 떠났다. 이십 년 넘게 반복해 온 그 여행은 아들이 군대 가기 전 제주도 여행으로 끝이 났다. 내가 결혼하고 아들딸과 넷이서 떠나는 여행은 끝났지만, 그 여운은 사랑의 꽃처럼 가슴 깊이 남아 이 순간을 흔들어 댔다.

　결혼 후 처음 맞이하는 새해 아침에 눈이 내렸다. 둘이서 유성온천으로 여행을 떠났던 추억은 앨범 한 권 안에 군데군데 사연으로 담겨 남아있다. 눈사람을 만들다가 눈 길을 다정하게 팔짱 끼고 걸으며 둘만의 오붓한 시간을 누릴 때, 어떤 할머니가 나타났다. 축복이라도 내릴 듯 사진 찍어 주겠다며 친절을 베풀었다. 고마운 마음에 남편은 자연스럽게 카메라를 건넸다. 서비스인 줄 알았다. 상습적으로 당당하게 대가를 요구했다. 돈을 주고도 황당했던 순간이 사진 속에 그대로 담겼다.

　우리 가족은 한 공간에 있어도 별다른 말 없이 지내는 편이다. 하지만 여행지에서는 한 사물을 보고 각자 느낀점을 말하다 보니 조금씩 변화하는 모습이 마음에 들었다. 자연스럽게 공감하며 대화를 나누어 기분 좋은 여행을 끝내고 돌아오면, 다음 여행을 구상하고 기다렸다. 여행은 여러 해 동안 삶의 활력소가 되어 남았다.

　이제는 세대교체로 바뀌었다. 여행을 떠나는 날에 챙기던 짐은 우리 몫이 아니었다. 계획 세우고 아들딸을 챙기고 보살피며 하던 일이 보살핌 받는 여행으로 전환됐다. 내가 아니면 안 될 것 같았던 일이 순조롭게 진행되고 그냥 따라가면 된다. 아주 편하다.

예전에는 대부분 국내로 여행을 다니며 즐겼지만, 이번에는 비행기를 타고 외국으로 나갔다. 땅과 하늘의 차이가 있듯이 나라 안과 밖을 비교하게 되고, 새 가족관 형성에 윤활유가 될 것 같은 기분에 마음이 들떠 있던 참이었다.

비행기 안에서 창밖을 내려다본다. 하얀 구름 위를 날고 있다. 바다와 섬이 어우러져 있는 꿈의 나라로 하얀 새가 되어 날고 있는 것만 같다. 뭉게구름이 요술을 부린다. 어느새 뽀송한 솜털이불이 되어 눈앞에 펼쳐진다. 나는 그 속으로 빨려 들어간다. 금세 편히 눕고 싶다. 어젯밤 설렌 마음이 노곤함으로 바뀐다. 하얀 백조는 구름 위에 둥지를 만든다. 아주 포근하다.

기내식이 들어왔다. 아주 적은 음식량이 포장되어 건네졌다. 사위가 외손자를 안고 일어선다. 좁은 비행기 안은 여러가지로 불편할 뿐이다. 좁은 공간은 더 비좁다. 그럼에도 사소한 일까지 챙겨주는 사위가 맥주와 포도주 중에 선택하라고 일러준다. 늘 마시던 오렌지 주스에 벗어나 백포도주를 선택하고 그

맛이 입안 천공을 자극했다.

  사위가 조금 만만하면 좋겠는데 자꾸만 마음이 쓰인다. 제 마누라와 자식 신경 쓰는 일만도 무거운 추를 단 느낌 일 텐데 우리 부부까지 합세해서 부담을 준 것 같아 마음이 무겁다. 서로가 조금 더 가까워지려고 계획한 여행인데 마음이 불편하다. 처음이라 겪어야 하는 과정이지만 마음을 내려놓지 못하는 건 내가 아직은 젊은 탓이겠지. 이런저런 생각으로 마음을 정리해 본다. 돌보고 베풀고 도움을 받는 일이 습관화되어야 마음이 편하다고 했듯이, 나는 아직 돌보는 일에만 익숙한 위치라 어쩔 수 없이 불편함도 감수할 수 밖에.

  괌의 바닷가는 잠잠했다. 고향의 바다처럼 가슴이 뻥 뚫린다. 시간과의 전쟁도 보이지 않고 돈과의 아귀다툼도 보이지 않은 것 같아 좋았다. 남편과 둘이 바닷물에 몸을 담그고 신나게 놀았다. 환갑을 지난 부부가 아닌 개구쟁이들처럼 물장구도 치고 헤엄도 치며 즐겼다. 어렸을 때 물장구치고 놀던 개구리헤엄을 지나간 과목 복습하듯이 마음껏 했다. 아는 사람 하나 없는 곳이라 나이는 생각지도 않고 지칠 줄 모르고 놀았다. 여행을 끝내고 돌아오는 공항에서 어떤 부부가 우리를 보고 알은 체하며 말을 걸었다. 바닷물에서 재미있게 놀던 그 사람이라며 뜻밖의 인사를 받았다. 조금 의아해하면서 나이를 잊고 논 것 같아 조금 멋쩍었다.

가족여행은 좋은 추억이고 정기적으로 보상받는 특별상과 같은 격이다. 처음 결혼생활이 아주 서툴러 시행착오를 겪은 것처럼 사위가 보살펴 주는 일들이 편하게 느껴질 때 나는 비로소 할머니로서 더 완숙하게 익어 있겠지.

여행은 그곳의 음식을 먹어보고, 그 곳 문화를 즐기는 것도 좋은 경험이다. 이번 가족여행은 사위랑 처음 떠나는 시발점이었다. 또 하나 새로운 시작의 문을 만들어두고 매년 떠나는 여행의 출발점으로 남기를 바란다.

3부

청산가와 골패

엄마는 어쩌고

처음 언니라고 불렀는데

스마트 시대

맛의 자서전

집안 모임

마지막 길목에서

시간을 담은 액자

청산가와 골패

마음을 송두리째 빼앗긴 시간이 있었다. 문학강의에서 시조창 하는 교수의 '청산가'를 듣는 중에 아버지 모습이 불현듯 떠올랐다. 잃어버린 소중한 물건을 찾아낸 듯, 참으로 오랜만에 느껴보는 그리움이 온몸을 적셔왔다.

아버지는 농사꾼이 아니었다. 읍내시장에서 양곡 도매업을 했다. 장터와 농가에 두 집 살림을 하던 아주 당당하게 살던 남자였다. 본가에 칠남매를 두고 닷새마다 한번씩 왔다. 여름이면 하얀 모시셔츠를 차려입고 머리에는 중절모를 썼다. 손에는 부채를 들고 머슴들의 작농을 점검이라도 하듯 논두렁을 밟고 다녔다.

아버지는 놀이주머니가 따로 있었다. 복주머니를

닮은 골패주머니였다. 아버지가 자식들과 머물다 가는 시간은 고작 1박 2일인데 집에서 늘 혼자 골패놀이를 즐겨 하다가 우리 곁을 슬쩍 떠났다. 집안일은 전혀 관심 없이 여관에 단골 투숙객처럼 머물다 가는 손님이었다.

아이들에게 장난감주머니가 있듯이 골패주머니 안에는 흰 바탕에 점들이 찍힌 직사각형 돌이 가득 들어 있었다. 아버지의 놀이도구는 동물의 뼈로 만들어서 골패라고 했다. 그때는 의미를 알지 못했다. 골패에는 대·중·소 크기의 원모양 구멍을 판 뒤에 붉은색, 검은색 혹은 푸른색인데 마치 주사위에 찍힌 점들과 흡사하다. 주사위 육각형에는 한 면마다 숫자로 표시하고 있지만, 골패는 작은 직사각형 하나하나에 숫자가 다르게 찍혀있다. 같은 숫자가 아닌 골패는 흑백으로 서른두개다. 어떤 내용의 게임인지 모르지만 골패 각자 字의 숫자는 각기 역할이 달랐다. 아버지가 쓰고 난 후 잘 두었다가 다시 꺼내 쓰는 물건이었다. 골패주머니는 항상 같은 자리에서 주인을 기다리는 지킴이였다.

아버지에 대한 감정은 감사한 마음보다 미운 감정이 더 남았다. 집에 오면 따뜻한 온돌방에 엎드려 골패만 즐기다 아버지가 떠난 후 나는 골패를 방바닥에 쏟아 붓고 하나하나 일렬로 세웠다. 크기가 똑같은 32개의 골패는 마치 펭귄이 줄지어 서있는 모습과 닮았다. 나란히 서있는 골패를 병뚜껑을 멀리 튕기듯이 튕기었다. 도미노현상으로 연달아 넘어졌다. 와르르 넘어지는 어울림소리와 함께 일사불란한 그 순간이 마냥 신기했다. 골패로 장난감놀이를 반복하며 아버지의 미움을 삭히기도 했다.

 엄마가 아버지랑 다투는 걸 딱 한번 보았다. 아버지가 세상을 떠나기 한 달 전쯤으로 기억된다. 차디 찬 바람이 옷깃으로 스며드는 겨울, 한해의 마지막 달이기도 한 섣달그믐 무렵이었다. 양지바른 대청마루에 늦게 따온 목화송이가 가득 널려 나풀거렸다. 아버지는 편찮은 몸으로 며칠째 큰방 구둘 막을 깔고 누웠고, 창호지 바른 방문은 열려 있었다. 아버지가 밖에서 들리는 소리에 겨우 몸을 일으킨채 우두커니 앉아 밖을 바라보았다.

 늦가을 목화의 하얀 솜을 빼내는 마지막 분류 작업은 늘 엄마의 몫이었다. 그날도 엄마는 대청마루 축담에 서서 활짝 핀 목화솜을 손으로 만지작거리며 말을 꺼냈다.

마음먹고 시작한 말들이 폭포수처럼 쏟아졌다. 소리 내어 울면서 많은 눈물을 흘렸다. 대성통곡 하는 엄마의 모습을 바라보기조차 힘들었다.

"작은 마누라를 두고 살아야 수명이 길어진다고 하는 무속인 할미(?) 말만 듣고 살았더니…" 말을 다 잇지 못했다. 엄마는 아버지가 다른 여자하고 살아도 어떤 불평도 하지 않았다. 그런데 위암이란 죽음의 선고를 받고서야 본가에 자리 깔고 몸져누운, 남편을 향한 울부짖음은 원망과 한이 서린 여자의 절규였다.

젊음을 빼앗긴 후회와 뒤엉킨 분노의 몸부림이 사방으로 흩어졌다. 골패의 도미노현상처럼 어머니의 가슴도 그렇게 무너져 내렸으리라. 당시 중학생이던 내가 감당하기에는 너무나 버거웠다. 아버지가 이승을 떠나도 오래도록 잊히지 않았다.

설을 이틀 앞둔 날 아버지는 눈을 감았다. 이승을 하직하는 마지막 날 함박눈까지 내렸다. 아버지의 죽음 앞에 나는 눈물이 나오지 않았다. 슬픔은 절절한데 눈물은 장례를 치르는 사흘 내내 점점 말라갔다. 엄마의 구슬픈 모습에 아버지에 대한 미움으로 마음 문을 닫고, 눈물마저 송두리째 빼앗긴 것 같았다.

그 후 아버지에 대해 모든 것을 잊어버리려고 애를 썼다. 내 직업의 특성도 있었지만, 굳이 아버지 기일이라고 말하며 휴무를 신청하지 않았다. 오히려 잘된 일이라며 모든 걸 체념하며 받아들였다. 아버지에 대한 모든 일을 까마득히 잊었다. 하지만 결혼하여 자식을 낳고 세월이 흐를수록 홀로 남은 엄마의 삶의 무게가 무겁게 느껴졌다. 미워하거나 과거를 탓하지 않고 남에게 정 베푸는 일을 습관처럼 행했던 엄마. 마치 그 베풂이 아버지와 함께 살기 위한 간절한 바람 같았다. 당시 가난한 이들에게 먹여주고 재워주는 게 엄마의 일상 한 부분이었다.

아버지는 애연가이지만 애주가는 아니었다. 술은 마시지 않았다. 어렸을 때 청산가를 자주 부르는 것을 들을 때 술 마시고 기분 좋아 부르는 노래인 줄 알았다. 수업 중에 교수의 창을 듣고 아버지가 즐겨 부르던 그 '청산가'임을 다 늦게 알았다. 너무도 귀에 익은 음절에 화들짝 놀라기도 하고 반갑기도 했다.

유년시절에 물질적인 풍족을 안겨준 것만으로 아버지께 감사해야 한다. 아버지가 틈만 나면 부르던 청산가는 아무나 부르던 노래가 아니었다는 것 또한 뒤늦게 알았다. 청산가를 다시 들으며 아버지의 외도가 시류時流의 흐름에 따른 것이라고 해야 할까. 어쨌거나 두 집 살림을 해야 했던 아버지의 마음고생이 얼마나 깊었을까를 이제야 헤아려 보게 된다. 본가에 와서 늘 혼자 골패놀이를 하며 청산가를 부르던 아버지. 그 모습이 저멀리 서녘 하늘을 붉게 물들이는 노을에 언뜻 비치다 사라진다.

엄마는 어쩌고

주전자의 검은 점박이가 자꾸 눈에 띈다. 일생을 가스렌지 불 위에서 산 흔적이다. 노즐 이음새에 덕지덕지 낀 묵은 때가 끈끈한 정만큼 붙었다. 수세미로 지워도 쉽게 지워지지 않는다. 연륜의 멋처럼 보인다. 닦고 씻기만 하면 빛이 나는 스테인리스 주전자. 매일 뜨거운 불의 세계를 이겨 내는 쇠붙이다. 경이롭다.

주전자는 태어날 때부터 뜨거운 기운을 가까이하며 사는 운명을 지녔다. 예술적으로 갖추어진 것은 없다. 삶이 힘들고 고단하지만 열정을 지닌 주전자다. 주전자는 물을 가슴에 머금은 채 불 위에 달구어지는 기구한 팔자다. 자신의 운명을 거부하지 않는다. 뜨거운 물이 필요한 그들에게 따뜻함을 나눌 수 있는 매개체로 큰 구실을 톡톡히 한다.

 내가 아파트로 입주한 지 얼마 되지 않은 찬 기운이 가시지 않은 봄날. 친정엄마가 모처럼 오셔서 여유를 즐기던 중이었다. 갑자기 큰아이반 자모들이 우리 집을 방문했다. 예고 없이 찾아온 자모들이 집 안으로 들어서자, 어머니는 조카랑 서둘러 밖으로 나갔다. 잠시 있다가 가겠거니 하고 여섯 살 손녀랑 놀이터로 간다며 자리를 비켜 주었다. 놀이터에 앉아 잠시 손녀를 돌보고 있겠다는 심상이었다.

 신학기에 모처럼 만난 자모들은 수다떨기 삼매경에 빠졌다. 아이들과 학교 선생님에 얽힌 이야기를 끊임없이 쏟아냈다. 마치 지난해 선생들의 인격을 평가하는 날이라 해도 손색이 없는 그런 자리가 마련됐다. A선생의 성격, B선생의 인성, C선생의 미모까지 자연스럽게 주고받았다.

 엄마는 어쩌라고 잠깐이 반나절을 넘었다. 놀이터 간이 의자에서 수십번 고개를 돌리며 딸이 나타나기를 기다렸을 엄마. 손녀때문에 속을 태우며 안달복달하고 있을 줄 알면서도 나는 선뜻 놀이터로 가지 못했다. 입주 선물로 주전자까지 들고 온 젊은 자모들은 수다에 빠져 일어설 기미가 보이지 않았다. 그들은 하나같이 친정 와서 불만을 쏟아내고 있는 듯했다. 오랜만에 만난 것도 아닌데 할 이야기가 얼마나 많은지 한참 남은 듯했다. 중국집에 탕수육과 자장면을 시켰다. 식사까지 대접받고도 일어날 낌새가 보이지 않았다.

 학급 반장 엄마 역할이 어떤 건지 정확히 모르고 자모들 수다에 빠져들었다. 내 아들이 반장이면 소풍 갈 때와 운동회 날에 담임 도시락 정도 신경 쓰면 되는 줄 알았다. 나보다 앞서 경험해 본 엄마 말은 별로 하는 것 없다지만, 신설 초등학교라 들으면 들을수록 반장엄마로서 일 년 동안 짊어지고 갈 짐이 무겁게 느껴졌다.

 선물 받은 주전자를 가스렌지 위에 올렸다. 따끈한 차 한 잔을 나누면서부터 주전자와 인연은 시작됐다. 뜨거운 불 위에서 헌신하는 주전자처럼 나에게 반장엄마의 임무를 다하라는 염원이 담긴 선물이었다. 스테인리스 주전자가 유난히 빛이 났다.

 시계를 보았다. 오후 두 시 반이었다. 모처럼 딸네 집에 온 엄마를 찬밥신세로 만들어 두고, 대화가 다양해질수록 시간 가는 줄 몰랐다. 잠깐이면 되지 싶어 스스럼 없이 자리를 비켜 주고 놀이터로 내몰리

다시피 한 친정엄마였다. 자모들이 내집에 찾아온 손님이라 수다를 끊지 못했다. 초조하고 불안한 마음이 쌓여갔다. 매번 손해 보는 우유부단함이 싫었지만, 수다에 같이 빠졌으니 한심할 따름이었다.

그때 어느 자모가 둘째 아이 유치원 하원시간이라며 일어섰다. 몇몇은 마치 연속극 절정의 순간을 시청하다가 흥을 깨는 광고화면을 보고 실망한 듯한 표정이었다. 그때야 자연스럽게 하나둘 따라 일어섰다. 나는 허겁지겁 놀이터로 달려갔다. 퇴행성관절염을 앓던 엄마는 힘겨운 표정이 역력했다. 늦게 나타난 나를 나무라지도 않고 그네 타고 있는 손녀만 바라보는 모습이 싸하게 다가왔다.

엄마는 나이 들어 무릎이 좋지 않아 거동마저 불편한 처지였다. 어쩌다 딸집에 와도 오래 있지 않았다. 따뜻한 점심을 해드리고 싶어 모처럼 모셔 온 날이었는데 오는 날이 장날이 돼버렸다. 장날에 잔치국수도 먹지 못한 날처럼 허무한 시간이 되고 말았다. 손녀의 칭얼거림을 몇 번이나 달랬다는 그 말에는 더 죄송했다. 몸 둘 바를 몰랐다.

주전자의 따끈한 보리차 한 잔부터 건넸다. 두 시간 넘게 차갑게 얼어붙은 마음을 보리차 한 잔으로

다 녹이기는 역부족이었다. 남동생 집에 가는 거리가 멀지도 않은데 어둠이 내리기 전에 서둘러 나섰다.

주전자가 불꽃 위의 화열에 온몸이 뜨겁게 달구어져도 한 번도 힘들다는 기색 없듯이 엄마도 주전자의 희생처럼 살았다. 철 따라 상추와 시금치, 파 등 각종 채소를 심어놓고, 텃밭에 수시로 들락거렸다. 끼니마다 자식들 반찬 만들어 먹이려고 잠시도 수다 떨 시간이 없었다. 자신의 몸 하나 제대로 보살필 틈 없이 평생을 지냈다. 풀잎에, 흙 묻은 옷에 손에는 호미를 악기처럼 들고 고통을 삭였던 분이셨다.

이 스테인리스 주전자는 온갖 사연을 안고 우리 집 골동품으로 자리매김 했다. 오래된 주전자만 보면 본의 아니게 엄마는 어쩌라고 꽃샘추위에 떨게 했나 싶어 늘 죄책감으로 그날이 떠오른다. 주전자를 자주 씻고 닦을 때 어머니의 주름진 얼굴이 겹쳐 눈시울이 뜨거워진다. 따끈한 보리차를 마시며 어머니를 등한시했던 그날의 미안한 마음을 녹여 주길 감히 바란다.

엄마는 엄마다.

처음 언니라고 불렀는데

분모가 다른 언니다. 아버지의 외도로 엄마는 본의 아니게 동화 속에 나오는 콩쥐 딸을 두었고, 나는 팥쥐가 되었다. 언니를 언니라고 부르지 않고 자랐다. 결혼 후에도 '언니'라는 호칭 대신 나는 '형님'이라는 호칭이 더 익숙했다. 언니라고 직접 부르지 못한 호칭이라 의도적으로 피했다.

콩쥐와 팥쥐는 아홉 달 차이로 세상에 태어났다. 같은 호적에는 한 살 많은 자매다. 쌍둥이는 1분 먼저 태어나도 언니고 엄연히 언니란 호칭이 따른다. 그렇지만 나와 언니는 어렸을 때부터 한집에 몸을 부대끼며 자라지 않았다. 처음부터 부르지 않은 언니 호칭은 부르기 쉽지 않았다. 언니도 친동생처럼 내 이름을 살갑게 한번도 부르지 않았다. 우리는 서로 주어 없이 목적어와 서술어만 있는 문장을 전달하는 격으로 지냈다.

  엄마가 언니에게 아무리 잘해도 동화 속에 나오는 팥쥐엄마였다는 것을 지울 수도, 뺄 수도 없다는 걸 중학생 때 알았다. 언니의 일기장에서 구박이라는 글자를 보고 나는 팥쥐였고 엄마는 팥쥐엄마라고 실감하던 지난 기억이 난다. 엄마가 언니를 구박했다는 글자를 본 순간 아버지에 대한 미움이 미묘한 감정으로 흙탕물처럼 흘러내렸다. 구박이란 단어 뜻을 정확하게 알게 된 것도 그때였다. 국어사전에는 '들들 볶음, 못 견디게 괴롭힘' 두가지로 뜻풀이로 쓰여 있다. 뒷맛이 영 개운치 않았다.

  성격이 몹시 급한 엄마는 칠남매에게 들들 볶는 말을 자주 썼다. 엄마의 성향으로 짐작하면 괴롭힘보다 들들 볶음 뜻에 가깝다. 그런데 사춘기에 접어든 콩쥐언니는 구박으로 받아들였다. 친엄마가 아니었으니까.

  육십 년 전, 언니는 자기 친엄마와 남해군 설천면에 살았다. 완연한 섬이었다. 하루 한두 번 다니는 배를 타고 뭍으로 오고 다녔다. 아버지는 처음부터 함께 살아야 한다고 고집했지만, 언니 엄마는 어린 딸을 데리고 살겠다고 고집을 부렸다. 그래서 언니는 초등학교 입학 전까지 섬에서 친엄마와 살았다. 입학통지서가 나왔을 때 우리 엄마는 섬까지 찾아 갔지만 언니를 데리고 올 거라고 찾아갔지만 혼자 돌아온 엄마의 모습을 어렴풋이 기억한다.

일곱 살 된 어린 딸을 보내지 않으려고 울며불며 매달리던 언니엄마의 애절한 마음을 전했다. 친정엄마는 딸자식을 키우는 같은 처지로 매몰차게 못 데리고 왔단다. 언니는 중학교 입학하던 해에 육지로 유학 왔다. 그때부터 우리 집에서 함께 생활했다. 오빠와 동생들은 미워하거나 싫어한 행동은 전혀 없었다. 오빠들은 여동생 한 명 더 불어나 좋다는 표정으로 반겼다. 동생들도 몇 가구 안 되는 산골 동네에 공놀이 함께할 친구가 생겨서 마냥 즐거워했던 기억 뿐이다. 땅따먹기, 자치기, 줄넘기 놀이 등 편을 나눌 때 항상 한명이 모자라던 빈자리를 언니가 채워주어 더 없이 고마워했다.

집에서 중학교는 멀었다. 책가방 들고 작은 산골 마을부터 20리 길을 통학할 때는 언니가 유일한 친구였다. 해 짧은 겨울철이면 짙은 어둠 속 산길은 무서웠다. 산비둘기가 울어대며 깜짝깜짝 놀라고 무섭

기도 했지만 둘이어서 든든했던 사이였다. 정을 주고받은 기간은 짧았다. 언니와 한 지붕 아래서 동고동락한 세월은 삼 년이 채 못 된다. 아버지가 세상을 떠나고 우리는 각각의 분모아래 삶이 이어질 수밖에 없었다.

긴 세월이 흐른 후 언니의 전화를 받았다. 할머니가 다된 언니 목소리를 금방 알아챘다. 자연스럽게 언니라고 불러졌다. 언니야! 언니라고 불렀다. 소리는 저편으로 건너갔다. 나는 하나도 어색하지 않은 호칭에 아무렇지도 않았다. 그러나 언니는 아무런 반응이 없었다. 왜 처음부터 언니라고 부르지 못했을까. 언니라고 스스럼 없이 부르기까지 오십 년도 넘는 세월이 걸렸다. 어린 추억의 밭에서 언니와 나의 생활이 비디오처럼 돌고 돌았다.

집 텃밭에는 감나무가 많았다. 감이 익을 무렵이면 단감나무아래 떨어진 단감을 주워 먹는 재미가 쏠쏠했다. 낮은 나뭇가지에 열린 단감을 다 따먹어버린 후에는 단감이 자연적으로 흔들려 떨어지는 아침을 기다리곤 했다. 떨어진 단감은 바랭이 속에도 숨어있었고, 감나무 잎사귀 사이사이에도 얹혀있었다. 간혹 힘든 세상사를 만나 놀란 것처럼 흔적들이 남앉다. 단감을 서로 한 개라도 더 줍겠다고 쟁탈전을 벌이기도 하고 몸을 부대끼며 지냈다. 늦잠꾸러기 남동생들은 눈꺼풀도 떨어지지 않은 채 둘이서 주워 온 단감을 서로 먹으려고 모여 앉았다. 언니와 나는 욕심내거나 싸우지는 않았다.

언니를 마음속으로만 언니라고 불렀던 지난 날의 마음의 짐이 다 내려진 기분이다. 가만히 생각해 보면 철없던 시절 언니를 언니라 부르지 않고 나는 동화 속의 팥쥐처럼 내가 언니였더라면 더 좋았을지도 모른다는 욕심에 한 번도 언니라고 부르지 않은 건 아닌지 지금은 그 기억까지는 없다.

언니는 친동생처럼 이름을 부르고 싶었다는 말도 하지 않았다. 전화로 말하기는 시간이 짧았을까. 그간 내가 행한 얄미운 행동을 많이 미워하고 있었던 것일까. 직접 언니라고 부른 것은 처음이었는데 어떠한 반응의 메시지가 없었다. 나에게 언니라고 부르지 않았던 지난날 원망의 말이라도 하지. 아무런 답이 없었다. 나 스스로 더 부끄러울 뿐이었다. 내가 직접 언니라고 부르기까지 그토록 긴 세월이 필요했을까.

며칠 뒤 중환자실 침대에 누워있는 언니를 만났다.

언니는 아무 말이 없었다. 무슨 말이든 해 줄 것이지. 답답하고 안타까움만 가득했다. 내가 뒤늦게 처음으로 언니라고 불렀던 그날이 처음이자 마지막이 돼 버렸다.

  이제는 언니라고 부를 수 없는 그 언니를 그리워하고 있다.

스마트 시대

 텔레비전이 대답한다. 발음이 정확하지 않아 찾을 수 없다고도 하고, 다시 말해달라고 한다. 손자가 또박또박 다시 말했다. 아이들 보는 만화 프로가 나타났다.
 가전제품의 기술은 하루하루가 다르다. 구입한 뒤 돌아보면 구형이다. 매번 신형기기를 좇아서 구입할 수는 없었다. 지금껏 전자제품들은 고장 났을 때만 바꾸었다.
 신제품 TV를 선물 받았다. 단순하게 숫자 눌리고 채널을 찾던 리모컨과 다르다. 기능이 다양했다. 설치기사는 음성으로 채널 찾을 수 있다고 열심히 설명했다.
 십 년 넘게 거실을 지켰던 TV는 퇴직 나이가 되기

전에 쫓겨나듯 밀려났다. 새 스마트TV가 매우 낯설다. 고장도 나기 전에 떠밀려 나간 물건을 붙잡지 않았던 게 후회도 됐다. 신제품이 다 좋은 것은 아니어서 기능을 알지 못해 당장 보고픈 연속극을 볼 수 없었다. 무용지물이다. 갑자기 스마트시대에 뒤떨어진 노인으로 밀려난 것이 슬펐다.

　화면 앞으로 다가섰다. 채널의 바탕 빛에 눈이 부셨다. 스마트TV는 나이든 나를 실험했다. 새 친구 사귀려고 취향을 맞추는 일과 같이 어색했다. 시골서 갓 내려와 길 찾는 것과 똑같았고, 도로와 교통 환경 대처능력이 힘들었던 초보운전자와 같았다.

　나를 기계치라고 놀리며 도와주던 사람도 옆에 없다. 아쉽다. 여섯 살 외손자가 화면을 보며 말할 때 보고픈 채널이 나온 걸 나도 쉽게 따라 할 줄 알았다. 스마트TV 다루는 일이 어렵다. 큰 도로 신호등에 빨간불이 켜지듯 자주 멈추었다.

　빠르게 돌아가는 세상 모퉁이에서 컴퓨터로 문서 작성하며 정보 따라 살고 있는 처지다. 스마트폰도 마찬가지다. 새로운 기기 접할 때마다 힘들었다. 복잡한 거리에 서있는 노인처럼 어리둥절할 때도 있었다. 리모컨을 들고 눌리니 작은 물체가 나타났다. 컴퓨터에서 본 물체다. 길잡이 커서다. 컴퓨터에만 있는 줄 알았던 물체가 넓은 화면을 휘젓고 다니는 커서를 TV에서도 만났다. 구형과 신형의 차이다. 기술의 발달에 신기했다. 작은 물고기 같은 커서를 보니 더 혼란스러웠다. 스마트시대에 태어난 아이들은 기계부터 만지며 자란다. 배우며 크는 아이들 옆에는 보조자가 항상 도와준다. 나도 누군가의 도움이 간절했다.

 연속극 시간이 지나갔다. 평소에 예사로이 듣고 넘기는 내 행동에 기기가 일침까지 놓았다. 새 TV에는 유튜브 채널이 있고, 유선으로만 보던 재방송 프로도 일자별로 다 볼 수 있는 편리함이 들어있다. 설명서를 읽고 또 읽었다. 커서의 정확한 위치에 두고 속도를 맞추어 눌렀다. 음성을 전달했다. 채널이 바뀐다. 알고 나니 간편하고 편했다. 새 기기의 편리함을 다 터득하는 거리는 한참 멀었다. 나를 오래도록 훈련시킨 후에 답을 주기 때문이다.

 요즘 거리가 먼 것이 어디 전자제품 만지는 것뿐일까. 사람 관계에서도 나타난다. 음식취향도 젊은이들과 다르다. 생각주머니 부피까지 줄였다 늘렸다 애를 쓴다. 때로는 어려운 숙제로 쌓인다. 주고받는 언어까지 세대를 나눈다. 옛것을 두고 새로운 물에 적응하는 일이 만만찮다. 바뀐 도로명 주소를 받아들이고 겨우 익숙하다 싶으니, 신조어도 자주 등장한다. 신문에 실린 줄여서 쓴 단어도 나를 어리둥절하게 만드는 시대다.

몇 년 전만 해도 남녀노소의 생활주머니가 비슷비슷했다. 형제 간에도 자매 사이도 서로 공감하는 일이 많았다. 현대는 의식주 종류까지 다양하고 삶도 제각각 돼버렸다. 중국집 메뉴에 국물 있는 짬뽕과 국물 없는 짜장면이 있듯이, 복국에도 매운 것과 지리로 나뉘어졌다. 선택의 온도 차가 벌어졌다. 한솥밥을 먹던 시대와는 너무 다르다.

친구가 전화했다. 나이든 친정엄마가 전화를 받지도 않는다고 걱정했다. 그래서 스마트폰을 선물했단다. 사용 방법을 알려줘도 금방 잊어버린다고 속상한듯 털어 놓았다. 친구엄마의 마음을 100% 공감했다. 나도 선물로 받은 핸드폰이 좋으면서도 불편했다. 전화 받는 것은 그대로였어도 손에 익고 정든 물건이 아니라 불편했다. 벨소리도 낯설었다.

친구는 좋은 선물이라고 해드린 스마트폰이지만, 무용지물이 되어 방 한쪽 구석에 잠자고 있을 게 뻔

했다. 아무리 좋은 물건이라도 내가 쉽게 쓰지 못하면 관심도 없다. 사용방법도 어렵고 벨소리까지 낯설게 들리는 스마트폰. 팔십을 훌쩍 지난 친구엄마는 핸드폰에 무관심할 수밖에 없지 않았을까.

  자식으로서 엄마 살아계실 때 좋은 선물하고 싶었다는 친구 마음은 이해하지만, 스마트폰은 손에 길들여진 아날로그 핸드폰의 익숙함까지 빼앗아 버렸다. 새로운 기기 다루는 법을 숙제로 주었다지만 딸이 내준 숙제를 풀고 전화를 사용하는 일은 어려운 과제였을 뿐이다. 눌리고 미는 차이는 간단한 정도이지만 나도 정보가 축적된 스마트폰 기기 속은 캄캄한 밤을 만난 듯 눈에 익은 것이 하나도 보이지 않았다. 어디로 들어가야 하는지? 무엇을 눌러야 하는지? 네이버 지식에 찾아 들어가서 읽어보기도 했지만 알던 것도 기억나지 않았다.

  선물은 주는 사람의 만족감이지 받는 사람이 만족하는 건 아니었다. 스마트폰 사용법이 낯설어서 자식이 알지 못하는 슬픈 그늘을 안고 있을 수밖에.

  나도 선물 받은 스마트TV에 편리함을 알기까지 나이도 잊고 싶었으니까.

맛의 자서전

현관문을 열자마자 고소한 냄새가 나를 감쌌다. 텅 빈집이 아니라 좋았다. 누군가 나를 기다리고 있다는 생각에 마음이 환해졌다. 식탁 위는 특별한 요리재료들로 가득했다. 씻은 피망과 당근, 갓 삶아 김이 오르는 듯한 붉은 문어가 보였다. 우유와 섞이기 직전의 노란 달걀까지, 이 모든 재료가 누군가를 위해 준비된 듯 했다.

경아는 일본 어학연수를 끝내고 돌아온 지 얼마 안되었다. 단순히 어학연수를 다녀왔을 뿐, 일본에서 무엇을 배웠는지 나는 알 수 없었다. 하지만 요리에 관심이 많아서인지 눈여겨 본 음식들을 사오기도 하고, 먹어 보았던 음식들을 종종 만들어 냈다.

그날도 부엌에는 불이 환하게 켜져 있었고 경아의

손놀림이 분주했다. 일본에서 먹어본 다코야키를 구워낼 준비를 하는 중이었다. 식탁 한쪽을 차지한 물건 하나가 내 시선을 끌었다. 바로 작은 빵틀이었다. 옛날 무쇠로 만든 연탄불 위의 빵틀과 비슷했다. 전기코드가 꼬리처럼 달린 것이 달랐다. 참으로 아담하고 정겨운 물건이었다.

반세기도 더 된 일이 주마등처럼 스쳐 지나갔다. 손목시계조차 귀하던 아주 귀하던 시절, 나는 이십 리 흙먼지 길을 걸어 등하교했다. 그 비포장도로 한편에는 허름한 구멍가게가 있었다. 거기서 가게 할머니는 풀빵을 구워 팔았다. 매일 풀빵을 사 먹으려는 학생들로 북적였다. 수업을 마치고 집으로 돌아오는 길은 늘 허기졌다. 점심을 먹은 지는 오래되었고, 저녁시간까지는 멀었던 탓이었다.

배고픔에 풀빵을 사 먹으려고 줄을 길게 섰다. 먼 거리를 걸어 집으로 가야 했기에 할머니의 풀빵은 허기진 배를 채워주는 구세주와 같았다. 참새가 방앗간을 그냥 지나칠 수 없듯 늘 풀빵을 입에 넣기 위한 기다림은 즐거움이었다. 그때는 풀빵을 사 먹는 것보다 더 기쁜 일은 없었다.

노란 양은주전자는 물이나 막걸리만의 전유물이

아니었다. 풀빵 반죽도 그 속에서 흘러나왔다. 풀빵을 구워서 파는 할머니의 주전자에는 막걸리 대신 묽은 반죽이 항상 가득 차 있었다. 할머니는 그 주전자로 풀빵 틀의 칸마다 군데군데 따랐다. 팔 부 능선만 채운 뒤, 미리 만들어둔 앙금 팥을 작은 숟가락에 담아 갈고리로 나누어 넣었다. 그 후 나머지 반죽을 채우고 뚜껑을 덮었다. 할머니는 빵 뒤집는 시간을 정확하게 알고 있는 듯 했다. 풀빵 익는 냄새가 코를 자극할 때쯤 할머니는 갈고리로 위아래를 뒤집었다. 풀빵이 익으면 빠른 손놀림으로 빵을 뒤집기도 하고, 능숙하게 다 익은 것을 골라 학생들 앞으로 던져 주었다.

기다리는 동안 텅 빈 배 속은 더 허기지고 출렁였다. 학생들의 눈은 빵틀에 고정되어 빵이 익어가는 과정을 따라 다녔다. 뚜껑이 열리고 노릇노릇 잘 익은 풀빵이 빵틀에서 나오면 서로 먼저 먹겠다고 쟁탈전을 벌였다. 뜨거운 줄도 모르고 손으로 덥석 움켜쥐고 먹었던 그 풀빵 맛을 나는 오래도록 기억하고 있다.

텔레비전에서 만두를 잘 만드는 여자 달인을 보았다. 그 달인의 손놀림은 얼마나 빠르고 정확한지, 순식간에 많은 만두를 만들어내는 것을 보고 혀를 내둘렀다. 만두들은 마치 기계가 찍어내듯 똑같이 예뻤다. 그럴 때마다 유연한 손놀림으로 풀빵을 굽던 그 할머니가 생각났다. 달인의 만두는 모양과 무게가 어쩜 그렇게 똑같을 수 있는지 감탄사가 절로 나왔다. 옛날 풀빵을 굽던 할머니의 손놀림도 어림짐작으로 빵을 꺼내는 촉이 이와 같았다.

텔레비전에 나온 달인들은 삶은 늘 바쁘게 이어졌다. 사업 후의 어려움을 극복한 그들의 이야기가 소개 될 때마다 감탄했다. 그들의 예사롭지 않은 손놀림은 그저 능숙해 보이지만, 법칙과 숙련된 기술이 숨어 있다. 그러기까지는 부단한 노력과 반복이 있었을 것이다. 그 솜씨가 부럽다.

미리 전기코드를 꽂아둔 작은 빵틀에 예열불이 켜졌다. 경아의 손놀림이 빨랐다. 야채를 섞어 만든 반죽을 빵틀 속에 채웠다. 풀빵과 비슷한 모습인데 몸집이 작다. 그리고 어우러진 재료가 다르다. 풀빵이 밀가루와 팥 한 가지로 단순하다면, 다코야키는 여러가지 야채와 문어도 들어가 훨씬 복잡했다. 재료에서 빈부의 격차가 느껴지는 듯 했다. 하나는 부잣집 부엌에서, 하나는 농가 부엌에서 만들어지는 간식 같았다. 하지만 그 맛은 각기 완연한 자기만의 특색을 드러낼 것이라 기대하며 기다렸다.

 빵틀에서 갓 익은 다코야키를 맛보았다. 풀빵이 오래전부터 함께해 온 식구라면 다코야키는 어쩌다 맞이하는 새로운 손님 같았다. 입안의 혀는 그 맛을 구별하려고 애를 썼다. 현재와 과거 사이에서, 가난했던 시절과 풍요로운 지금의 삶을 함께 마주하는 기분이었다. 나는 한국식 풀빵을 추억하며 먹지만 딸은 일본식 풀빵을 맛보는 중이었다.

 경아가 만들어준 간식은 금세 배부르게 했다. 다코야키를 한 입 베어 물며 일본의 맛과 한국의 맛, 풀빵과 다코야키의 맛을 동시에 음미했다. 현재와 과거가 뒤섞여 목으로 넘어가는 순간 내목을 타고 흐르는 것은 단순한 맛이 아니었다. 그것은 허기를 채워주던 그 시절의 풀빵, 그리고 그 안에 담긴 잊을 수 없는 학창시절의 아련한 추억이었다.

 풀빵이 먹고 싶다는 나의 말에 딸은 그저 환하게 웃었다. 웃음꽃이 가득한 채 어두운 밤은 깊어 갔다. 내 마음 속에는 여전히 따뜻한 풀빵 냄새가 피어올랐다. 내 입이 기억하는 맛의 자서전은 그렇게 계속 쓰이고 있었다.

집안 모임

햇살이 부드럽게 창문을 스치던 어느 날, 관광버스를 탔다. 고속버스 창가로 보이던 풍경들이 작은 TV 화면보다 영화관 스크린 같았다. 들녘도 넓은 화면 안에서 생동감 있게 달음박질쳤다. 마치 시간이 멈춘 듯 했다. 평소 각자의 자리에서 바쁘게 살던 집안사람들은 그날만큼은 함께 모여 작은 온기를 나눈다.

그 지역에 유명한 오리고기 점심 특선을 주문했다. 소금구이가 먼저 들어왔다. 단출하다. 홀가분하게 살아가는 동서모습과 닮았다. 그 후 양념불고기가 들어왔다. 한없이 분주한 맏이인 모습처럼 복잡하다. 음식은 푸짐하고 식당 안은 시끌벅적하다. 식사 중 부수적으로 들어오는 채소가 여러가지라 종업원들이 바쁘다. 맏며느리가 집안 대소사를 바쁜 와중에 일일이 챙겨야 하는 것과 흡사하다.

동서와 나는 같은 여자다. 한 남자의 아내인 것도 같다. 하지만 맏며느리가 보는 것과 둘째며느리가 보는 색이 차이 나는 만큼, 서로 동색이 되지 못하고 빙빙 돌다 끝나는 일이 더러 생긴다. 자리가 그렇게 만들기도 하지만 자매지간보다 동서지간에 공감하는 감정은 큰 격차로 느껴진다. 오른쪽으로 한 바퀴 왼쪽으로 한 바퀴 돌다가 끝내 미끄러져 내려가고 마는 관계다.

분기마다 만나는 집안모임에 혼자 참석해 앉아 있는 어른은 외롭게 보인다. 부부의 빈자리를 바라보면 채우려 해도 채워지지 않는 가슴 안쪽 그 자리다. 늘 비어 있고 허물어도 자꾸만 높이 쌓이는 벽이 보인다. 정해진 자리만큼 비어 한쪽으로 기울어진다. 그래서 혼자이기에 같은 마음이 되지 못하고 삐걱 거린다. 형식적인 부부라도 혼자보다는 둘이가 보기에 낫다.

부부가 함께 하는 자리는 누가 대신 할 수가 없다. 의견이 일치되지 않아 가족 모임에 같이 오지 않는 사람이 더러 있다. 그의 아내 자리는 늘 비었다. 사별인 사람도 있지만, 생이별로 혼자가 된 어른도 만난다. 단순히 시집 사람들의 만남이 불편하다는 이유보다 자주 빠지다보면 훗날 더 어색할 것 같아 꼭 참석한다. 빈자리의 주인은 여러 사람의 대화 중심이 되곤 한다.

해를 거듭하고 나이가 더해 갈수록 그리움이 빌딩숲 사이로 헤집고 들어서는 햇살처럼 간절하다. 대화의 주인공이 된 친절했던 당숙모의 빈자리만 보인다. 내 신혼 때부터 살뜰히 챙겨주던 분이다. 여장부 같은 성격을 지닌 당숙모님 생각이 세월 속을 넘나들었다. 일찍이 세상을 떠나 버린 후에는 저장해 두었던 그리움마저 날아가 버린다 싶더니, 묻어두었던 추억이 되돌아오는 날이다. 늘 좋은 말만 해주었던 당숙모의 흔적은 더 크다. 누가 대신해서 앉지 못했다.

사람들은 몇 개의 중요한 자리를 갖게 된다. 자식 자리, 아내 자리, 부모 자리. 어느 자리든 어려움이 따른다. 아내의 자리에는 부수적으로 해야 할 의무가 주어진다. 그 의무를 다하기 위해서는 가끔 가기 싫은 자리에도 가곤 했는데. 요즘은 그런 자리를 외면하는 사람이 많다. 명절이나 큰 집안행사에만 함께 하고 집안 모임 자리를 비워둔다. 모두가 바쁘고 각자의 길을 걷지만 그 날 다정한 눈빛과 포근한 말들이 헐거워진 마음을 꼭 붙잡아 주는 집안 모임은, 우리의 일상에 소중한 인연과 남다른 사랑을 새겨 주는 날이기도 하다.

 영화관에서의 빈자리를 보면 영화가 인기 없나 하는 단순한 생각뿐이지만 아내의 빈자리는 부부 사이에 무슨 일이 있나? 아픈가? 자식들이 문제가 있나? 하는 궁금증도 인다. 막연히 찾아 나설 수 있는 곳이 아니라 내 가슴 안으로 파고드는 동굴 같다. 그 동굴은 특별한 날에 어둠이 더 짙다.

 인생을 여행에 비유해 본다. 여행은 장소와 사람에 따라 다양하게 접근할 수 있다. 집안 모임도 또 다른 여행속의 하루이지 않을까. 집안의 어른 모습을 엿볼 수 있는 좋은 기회라 생각하고 우리 부부는 빠지지 않는다.

 요즘은 핵가족이라 삼촌, 고모, 이모의 호칭까지 사라져가는 것이 사회 현상이다. 그 가족 구성을 어떻게 채워 나가야 빈자리가 적게 보일는지. 늦어지는 결혼과 저 출산에 부모마저 멀리하는 성향이 짙고 부모와 자식 간의 만남도 소홀해지는 경우를 흔하게 보게 된다. 분기마다 한번씩 하는 모임이라도 나는 언제나 환영할 일이다. 가까이 사는 이웃이 멀리서 사는 친척보다 낫다고 한 말도 옛말이 되었다. 친구보다 못하고 핸드폰보다 더 못한 사람 관계가 주변에 점점 늘어난다.

  모임을 끝내고 돌아오는 길은 그리움과 보람이 교차 한다. 멀어져간 이들을 그리며 옛정을 그리워하고 나를 돌아보는 길이기도 하다. 차장 밖의 풍경이 영화처럼 짙어지고 하루해가 서산 속으로 기울고 있다.

마지막 길목에서

기억이 희미해진다. 하고 싶은 것들이 벽 뒤에 숨어 있다. 벽 뒤에 숨은 것은 하고픈 말 뿐이다. 벽에 대고 이야기라도 하고 싶다. 마음 속 꿈틀거리는 것들이 벽 사이 끼어 흔들리고 있다. 매일 목으로 넘어가던 국밥 맛이 헷갈린다. 밥인지 국인지 아무 생각이 없다. 떠나는 길이 멀다.

가슴 속에 하고 싶은 말들만 채워진다. 울음이 솟구쳐 온다. 뚝 꺾인 울음소리는 겨우 벽 하나 넘어서고 있다. 떠나는 이의 모습이 빛바랜 낮달 속으로 얼룩져 떠난다. 그대 모습을 멀리서 바라본다.

떠나는 길이 얼마나 멀기에 저토록 힘들어할까. 처음 가는 길이라 서툴고 통증이 따르는 걸까. 혼자 가는 길이라 숨이 차고 호흡 빨라지는 걸까. 목적지를 찾지 못해 쉽게 이승의 끈을 놓지 못하고 헤매고 있는 걸까. 누굴 기다리고 있는 것은 아닐까. 오래전에 보았던 마지막 모습이 아른거려 쉽게 떠나지 못하는 것일지도 모른다는 생각이 밀려온다.

이별의 문턱 앞에 서 있는 사람의 혈압과 체온을 수시로 체크한다. 마지막 떠나는 길에는 열의 발산이 시작되면 활활 타오르던 불꽃이 진다. 몸 전체가 식고 싸늘해지는 순간을 본다. 한발 물러서 벽 뒤에 선다.

봄이 오고, 여름이 오고, 가을 지나고, 겨울이 가면 다시 오는 사계절의 법칙이라면 마지막 가는 길이 저토록 힘들지 않겠지. 마지막에는 가벼운 몸으로 떠나고 싶은 걸까. 꼭 몸 속의 것을 전부 비우는 것을 수차례 보았다. 어렸을 적에 나이든 사람들이 이승의 것을 다 두고 떠난다는 말을 들었다. 눈 앞에 누가 왔는지 누가 서있는지도 모른다. 이승에서 지니고 놀던 것 모두 내어주고 가는 정해진 법칙처럼, 검문이라도 받고 있는 듯 배변을 무한정 쏟아낸다. 평소와 다른 많은 양의 배변은 죽음을 예상한다. 슬프다.

이곳에 계시던 분이 열이 나고 상태가 좋지 않아

병원으로 모신 첫 날이었다. 그분의 막내딸이 처음이자 마지막 일지도 모른다며 간병을 했다. 닦고 치워도 끝이 없는 변을 계속 받아내던 그 딸은 내게 전화를 했다.

"우리 엄마 똥 잔치를 했습니다." 그 전화를 받고 마지막이 다가옴을 어렴풋이 짐작했다. 그 뒤 일주일 채 못 되어 돌아가셨다는 연락을 주었다. 이별을 외면하고 싶었다. 유난히 정이 가던 그 분. 친정엄마를 보낸 듯이 빈 침대를 바라보면 무언가가 더 크게 가슴을 억누른다.

내가 6년을 출근할 동안 아침이면 손을 마주 잡고 웃어주던 그 정이 너무나 깊이 내렸나 보다. 효녀인 막내딸이 엄마가 잘 먹는다고 매번 삶아온 고구마와 카스타드 빵을 보아도, 그분이 자주 부르던 이미자 노래를 어쩌다 들어도, 즐겨 부르던 그분의 모습과 그 가족이 떠오른다. 최선을 다해드린다 해도 때로는 부족한 일들이 있었던 것은 아닌가 하는 후회만 남는다.

사람은 태어나서 자기가 목표로 정한 어떠한 삶을 추구하다가 죽음까지 이르게 된다. 죽음으로 가는 길은 여러 형태의 길이 주어지지만, 혼자 가는 길이어서인지 매번 외롭고 고통스럽게 느껴진다. 가족들이 지켜보는 순간도 고통이지만 떠나는 자는 더 힘들테다.
 이별이 더 슬프기 때문이리라.

시간을 담은 액자

하루의 첫 햇살이 창문에 스며들 때, 매일 아침 화장대 위에 놓인 액자 속 어머니의 미소가 나를 깨운다. 작은 액자 속에 어머니와 눈을 맞춘다. 옥색 한복에 흰 고무신을 신고, 천진난만하게 웃고 있는 손자를 내려다보며 앉아 있다.

오래된 사진 한 장 안에 과거와 미래가 함께 숨 쉰다. 어머니와 만나는 날이면 용두산공원에 자주 갔다. 부산을 상징하는 중심 도시 속 공원은 울창한 소나무 숲 사이로 바다가 보였다. 푸른 잎사귀는 소란스러움을 감쌌고, 주변 공기는 상쾌한 향기로 가득했다. 자연 이치에 따라 마음껏 느낄 수 있는 명소였다. 아들은 비둘기를 쫓아다니며 즐거워했고, 우리는 벤치에 앉아 숲의 신선한 공기를 마시며 담소를 나누기가 좋았다.

 70년대 용두산공원에 부산의 상징이 될 수 있는 높은 타워가 세워졌다. 도시의 역동적인 활기를 반영하듯, 공원이 하늘로 우뚝 솟았다. 높이 치솟은 타워는 용두산공원 이미지에 큰 두각을 드러냈다. 밤이면 멀리에서도 공원 명소를 쉽게 알아볼 수 있게 불빛을 비추었다. 어려운 고비마다 자식들 앞에 당당했던 어머니처럼 타워도 그렇게 빛났다.

 타워는 단순한 건축물이 아니었다. 침체한 경기를 탈피하고 도약의 발판으로 관광객을 모으며 우리 앞으로 다가섰다. 새롭게 단장한 공원에는 사람들이 항시 붐볐다. 높다란 탑 아래는 꽃시계가 등장해 계절마다 다양한 무대를 펼치며 잔치를 벌였다. 꽃 속에 파묻힌 시곗바늘도 매일 바쁘게 돌아갔다. 잔치에 모여든 손님들은 예쁜 꽃시계를 배경으로 사진 찍으며 추억 담기에 바빴다. 세월이 흐른 후에 남은 사진 한 장은 공원의 변화와 추억으로 가득 찼다.

 그때의 기억이 떠오를 때마다 잠시 시간을 거슬러 올라간다. 공원 숲길을 자주 거닐었다. 시골마을에서 성장했던 나는 고향의 느낌을 도시 속에서 공감할 수 있는 공원에 더 친밀감을 가졌다. 나를 찾아온 친구든 동생들이든 잔칫집에 숟가락 하나 더 얹어 맛있는 걸 떠먹기 좋은 날처럼 공원에 같이 찾았다. 공원과 멀지 않은 근처에 근무하면서 특혜 입은 수혜자 노릇을 톡톡히 해냈다. 타워가 우뚝 서고 꽃시계가 자리 잡은 후 부산 시민으로서의 자부심을 갖고 용두산공원을 자랑했다.

이정표 하나 없이 무작정 길을 가다가 삼거리를 만나도 당황하지 않을 만큼 용두산공원 주변은 빛이 났다. 한 번 두 번 잘못이 거듭되어도 어머니의 든든한 그늘 밑에서 아무 걱정 없이 살았던 것처럼 마냥 좋았다. 어머니는 비록 몸집은 작았지만, 어디서든 꼭 필요한 존재였다. 집안 인륜지 대사 앞에서 늘 크게 느껴진 어머니의 모습처럼 부산 용두산공원의 타워도 그랬다. 부산을 상징하는 큰 명소로 변신하고 어른과 아이들 모두 더 가까워졌다.

오랜만에, 딸과 외손자랑 용두산공원에 갔다. 주변부터 많이 변했다. 예전에는 공원으로 접어드는 길목에 초등학교가 있었는데 학교는 사라지고 넓은 주차장이 만들어져 손님을 맞이했다. 전망대에 오르니 바다 멀리까지 막힌 데 없이 넓은 전경이 한눈에 들어왔다. 바다의 푸른 물결과 항구의 배들이 어우러져 부산 발전상과 역동성을 그대로 보여 주었다. 용두산공원은 부산의 중심에서 과거와 현재, 전통과 현대가 어우러진 단순한 휴식의 장소만이 아니었다. 문화 명소로 다가오는 건 예전이나 지금이나 크게 다르지 않았다.

　고향처럼 드나든 용두산공원 분위기는 조금 다르게 다가왔다. 내가 바라보았던 꽃시계는 사라지고, 재정립된 시계와 타워 내부는 스마트 시대에 갖게 변했다. 다양한 예술 작품들이 전시되어 있고, 현대에 맞게 포토존이 생겼다. 외손자가 포즈를 잡았다. 나도 잘 다듬어진 포토존 앞에서 자세를 바꿔 보았다. 딸은 사진찍기에 여념이 없었다. 추억의 감정마저 대물림된 모습으로 다가섰다. 먼 훗날 딸은 우주 화면을 배경으로 찍은 손자 사진을 보며 어떤 추억을 떠올릴까. 딸이 지금의 내 나이쯤 되어 사진 속 나의 미소를 보며 어떤 생각을 할까.

　천천히 걸음을 옮겨 놓았다. 파도 소리가 들리는 자갈치시장을 향한 용두산공원의 주변은 부산의 다양한 추억을 오롯이 담고 있다. 수십 년 전 서있던 유명한 유나백화점이 떠오른다. 젊은 연인들의 모습도 아른거린다. 조금 걸으니, 지구대가 보인다. 장발 단속이 한창이던 그 시절, 머리를 멋스럽게 기른 남편이 경찰에게 붙들려 지구대(파출소) 안에서 실랑이를 벌인 기억이 엊그제처럼 생생하게 솟는다.

용두산공원은 나를 발견하는 여정의 출발점이다. 이제 마음 속에서 끝 없이 이어지는 길이 되었다. 그 길 위에서 나는 과거와 현재의 나, 그리고 미래의 나를 만났다. 어머니의 미소가 담긴 공원 속의 사진처럼 그 곳은 시간을 초월해 나를 이끌고 있다. 새롭게 변한 공원 타워처럼 높이 솟아오르고, 꽃시계처럼 멈추었다가 재정립하여 다시 만나듯 나의 삶도 다채롭게 물들였다.

변화하는 세상 속에서도 변치 않는 것을 길 위에서 찾으려고 하는 것은 결국 나 자신이라는 사실이다. 그곳에서 나를 만나고, 만남은 더 나은 삶으로 이끌었다. 공원은 내가 살아온 삶의 한 부분으로 깊이 새겨져 있으며, 그곳은 내 인생의 시간을 담은 액자로 영원히 남을 것이다.

4부

문 좀 열어 주소

17년간의 동행

요양원의 긴 하루

두 할머니

끝과 시작

〈소양강 처녀〉

코로나19와의 동침

아흔살 할머니

문 좀 열어 주소

"**문** 좀 열어 주소."라고 애원한다. 아들이 보고 싶어 만나게 해달라는 말이 애절하다. 밥 해줘야 한다고, 만나서 할 일이 있다고 한다. 같은 말만 반복하며 문 앞에 우두커니 앉아 있다. 눈물을 흘린다. 굳게 닫힌 출입문을 바라보며 환자인 할머니가 숨을 몰아쉰다.

어린이집 다니는 내 딸아이가 엄마랑 헤어지기 싫어 울고 또 울었다. 따라갈 거라고 떼를 썼다. 또래 아이들과 노는 것도 싫어 모든 것을 팽개치고 엄마 손을 붙잡고 놓지 않았다. 아이가 우선이었다. 엄마와 자식의 정은 그렇게 쌓였다. 엄마와 아이는 한시간 두시간씩 짧은 수업으로 조금씩 이별 연습을 했다.

할머니는 자식들과 같이 했던 기억만 도드라지게 휘어 감고 있을 때 요양원으로 왔다. 그리움이 증오로 변하면 호흡이 거칠어지고 모진 욕이 거침 없이 나왔다.

"나를 힘들게 하는 자는 벼락 맞아 뒈질 것이다."

"빨리 문 좀 열어 달라 깽" 진한 전라도 사투리를 섞어서 마구잡이로 말했다.

"지금 벌교로 가야 하니, 문 좀 열어 주란 말이오." 라며 출입문을 두들겼다. 그 음성이 두꺼운 자동 유리문 밖으로 흘러나왔다.

할머니는 이별연습도 없이 예상 못 했던 낯선 곳에 와 있다. 분노가 치미는 것 같다. 눈만 뜨면 장가 못 간 아들과 문만 열면 아는 사람을 만날 생각뿐인데 마음처럼 문이 열리지 않음에 분노한다. 예전에는 문을 열지 않아도 자주 만났던 사람이 한둘이 아니었을 텐데. 할머니는 하늘이 보이고 이웃 마당도 보여 지나가는 사람들을 만나면서 마음 푸근하게 한평생을 살다가 지금 머무는 곳이 어딘지 전혀 모른다. 터무니없는 곳에 갇혔다고만 생각한다.

할머니는 치매 등급 4등급이다. 아흔 살인데도 키가 크고 허리도 굽지 않았다. 잘 걸어 다닌다. 눈썹

문신도 했다. 탱글탱글한 파마머리가 젊음을 보탰다. 혼자서 밥도 잘 드시고 대소변 인지도 있다. 그런데 한 번씩 나타나는 치매 행동변화는 가족이 감당하기에 벅찼다. 가족은 돌봄 전문장소로 찾아왔다. 요양원으로 모셔두고 갔다. 간다는 인사는 하지 못한 채 떠나갔다. 아들딸은 화장실 가듯이 한 명씩 나갔다. 행여 따라나선다고 생떼라도 부릴까봐 몰래 갔다.

할머니는 그런 줄도 모르고 낯선 사람과 인사를 주고 받고 일어섰다. 아이가 화장실 간 엄마를 찾듯이 딸이 오지 않는단다. 혼자만 남겨진 것은 눈치를 챘다. 섭섭함이 분하고 억울함으로 바뀐다. 자식들이 간다는 인사도 없이 갔다고 막 나무란다. 그때는 아주 정상인이었다. 맑은 정신일 때는 아주 순한 사람이다.

하루 몇번씩 찾아오는 치매 증세가 나타나면 180도 다른 사람으로 변한다. 밖으로 나가려고 한다. 하고 싶은 것을 제지하면 폭력과 욕설이 난무한다. 가족은 좋은 모습의 엄마가 나쁜 엄마로 변한 모습을 가슴에 담고 싶지 않았다. 가만가만 지내는 착한 치매가 아니어서 자식으로서 힘들었다는 걸 공감하는 순간이 자주 왔다. 전문인이 아니면 보살피기 힘든 치매 할머니다.

누구나 첫날은 힘들다. 대상자도 힘들지만, 그 모습을 지켜보는 직원도 힘들다. 금방이라도 자식 찾아 보내고 싶은 마음은 있지만, 찾아오는 자식은 없다. 할머니는 이별연습이 없었지만, 가족은 순간순간 일어나는 고통의 시간을 기억하며 냉정하게 연습했다. 서운하고 슬픈 일이지만 가족과 할머니를 위한 옳은 선택이다.

할머니는 매일 출입문 앞에서 서성인다. 아들이 올 거라고 문 앞에서 기다려야 한단다. 그러다가 그 자리에 눕는다. 방으로 모시려고 애를 쓰지만 꿈쩍하지도 않는다. 그때는 참말 같은 거짓말을 수없이 해야 한다. 먹히지 않는다. 하루하루 반복하다 보면 거짓말도 참으로 받아들이는 시점이 온다. 인지가 떨어지고 주변 환경에 익숙해진다. 100여일 만에 안정을 찾으면 모두에게 고마운 일이다.

사람은 환경에 따라 변한다. 변한다는 것은 어쩔 수 없는 상황에서 이럴 수도, 저럴 수도 없을 때 포기하는 쪽이다. 어떠한 선택도 할 수 없을 때는 빠른 체념이 편안하기 때문이다. 알면서 쉽게 포기하지 못

하는 것은 아들과 엄마 관계다. 관계가 변하지 않으니 고통이 따른다. 아들과 엄마 관계는 포기할 수 있는 관계가 아니다. 오래도록 가족이 오지 않으면 내가 전화해 본다. 가족들은 아주 무덤덤했다. 그간 할머니가 겪은 심한 행동을 보지 않았으므로 안도의 목소리였다. 아들딸이 왔다. 할머니는 아들딸을 보자마자 눈물이 쏟아졌다. 정말 슬프게 울었다. 오십 먹은 아들 볼을 만지고 또 만졌다. 이산가족이 만나는 장면과 흡사했다.

 꼬마 때의 아들 볼 만지듯 만지고 또 만진다. 그리고 할머니는 웃기 시작한다. 보고 싶었던 아들딸과의 만남에 기분이 좋다. 말을 편안하게 잘한다. 자식들을 보고 난 뒤 안도의 숨을 쉬는 것 같다. 자신이 버려진 것이 아니란 걸 알고부터 매일 보는 우리에게 마음의 문을 열고 의지한다. 우리가 자식대신 보살펴준다 것을 알아 챈다.

 요양원에 입소하면 옛기억은 지워버리고 새로운 가족으로 태어난다. 면회 온 아들딸은 마냥 있을 수 없다. 할머니를 두고 떠나야 한다. 첫날처럼 헤어짐이 슬프지 않다. 아들딸이 떠나는 모습을 물끄러미 보고 있다. 할머니는 그들이 떠나간 문 앞에 다시 선다.

"문 좀 열어주소"

17년간의 동행

낯선 환경에 유독 예민한 J와 외출하는 일은 매번 조마조마한 도전이다. 하지만 그날은 달랐다. 처음 방문한 것도 아닌 단골집에서 그 어떤 날보다 특별한 환대를 받았다. 직원은 반갑게 우리를 맞이했고, 손끝으로 창문쪽 자리를 가리키며 말끝을 흐렸다. 우리가 그 자리만 고집한다는 것을 이미 알고 있다는 듯한 눈치였다. J의 지정석처럼 돼버린 그 자리에 이미 다른 손님이 앉아 있었기 때문이다. 직원은 우리를 보며 난감해하는 듯하더니 이내 우리가 앉을 자리까지 세심하게 안내해 주었다. 모처럼 단골집에서 받은 환대에 마음이 벅찼다.

   J는 보통 사람과 다르다. 의자에 쉽게 앉으려고 하지 않는다. 낯선 환경에 대한 거부 반응을 행동으로

나타내는 것이다. 앉자고 말해도 듣지 않고 어린아이처럼 힘을 주면서 서 있다. 그럴 때면 나는 "맛있는 것 먹어야지요."라고 말한다. 그러면 J는 그제야 주변을 두리번거리다가 겨우 자리에 앉는다.

점심특선을 시켰다. J가 골고루 먹을 수 있는 음식이었다. 수프가 나오고, 새우, 탕수육, 짜장면도 함께 나왔다. 버섯으로 만들어진 팔보채도 만두도 잘 먹는다. J는 대부분의 음식을 잘게 잘라야 먹을 수 있어서 가위가 꼭 필요했다. 이번에는 빈 접시에 가위까지 함께 나왔다. 내가 늘 가위부터 먼저 찾는다는 것을 직원이 미리 알고 배려해 준 것이다. 고마웠다.

그녀는 음식을 먹으며 많이 흘린다. 내가 정신 없이 탁자 위를 닦는 날도 많았다. 어느 날에는 여러 사람이 우리를 쳐다보고 있어 신경이 쓰였다. 그래서 직접 먹여주는 것이 더 편했다. 어떤 날은 직원이 가까이 와서 그녀와의 관계를 물어보기도 하고, 딸이냐고 묻기도 했다. 처음에는 그 시선과 질문이 불편했다.

J는 시설장이 가족 대리인이다. 의사소통도 되지 않고 혼자서 할 수 있는 일이 없다. 돈이 있어도 누

군가의 도움 없이는 그 돈을 쓸 수 없는 사람이다. 좋은 옷도 다른 사람이 사다 주어야 하고, 맛있는 음식도 누구의 도움이 절대적으로 필요하다. 시설장은 나에게 J가 좋은 음식을 먹을 수 있도록 도움을 요청했다. 함께 병원도 다니고 외출 경험도 있으니, J가 나를 잘 따라줄 것이라 믿었기 때문이다. J도 싫으면 절대 응하지 않는 고집이 있다.

  J와 외식하는 식당을 찾는데 어려움이 따른다. J는 걸음이 어설프다. 어느 날 그녀와 손을 잡고 횟집에 들어갔다. 낙상의 위험 때문에 혼자 걷도록 하지 않고, 혹시라도 그냥 주저앉을까 싶어 팔짱을 끼고 걸었다. 그때였다. 의자에 앉았던 여자손님이 우리가 들어서니 기분 나쁘다는 듯 인상을 쓰고 휑하니 나가버리는 것을 보았다. 그 후로는 사람이 많이 모이는 시간을 피해서 간다.

  매번 빠른 점심시간에 식당을 찾아간다. 식당에 첫 손님일 수도 있는데, 주인이 싫어할까 봐 늘 조심스럽다. J가 좋아하는 음식에 가격은 상관하지 않는다. 음식을 가리거나 못 먹는 것은 없지만, 요리 종류가 다양한 중국집을 선호한다. '담'이라는 곳에 자주 가다보니 단골이 되었다. 낯선 환경에 더 예민해지는 이유도 있어 식당을 바꾸지 못한다. 매번 정해 놓고 가는 곳이 중국집과 초밥집이다. 식당에 가도 늘 앉던 자리에만 앉으려는 것도 같은 이유다. J와 나는 마주 앉아 식사하지 못한다. 나란히 앉아야 한다. 눈 깜짝할 사이 순간 실수로 음식을 쏟을까 봐 옆에 앉아 지켜보고 먹거나 직접 떠서 먹여준다.

우리를 기억한 직원의 배려는 고마움이 두 배로 다가왔다. J에게 꼭 필요한 세심함이라 더 없이 고마웠다. J와 식사할 때는 한눈을 팔면 절대 안 된다. 순간 사고가 일어난다. 물이 쏟아지고 반찬이 바닥에 떨어진다. 내가 쏟은 것처럼 미안한 마음이 온몸을 감싼다. 쏟아진 물을 닦는 것도 쉬운 일이 아니다. 하나를 정리하고 나면 또 다른 일이 발생할까 봐 조마조마한 마음으로 치운다.

J는 외출하는 것을 무척 좋아한다. 말은 못 하지만 눈빛만 보면 알 수 있다. 마치 내가 마음 먹었던 일을 하지 못하면 마음이 편치 않듯이 매월 그녀의 외출도 나의 일상이 된 지 오래다. J를 위한 외출과 별미를 먹는 기회는 흔치 않다. 나는 오늘처럼 식당 직원의 배려를 받지 못할 때도 오래전부터 그녀와 외출을 반복해 왔다. 내가 아니면 할 수 없는 일이기에

그나마 보행이 가능할 때, 사소한 일일지라도 마음껏 누리게 해주고 싶다.

  부산의료원 내에 장애인을 위한 치과가 있다는 것도 J를 보살피면서 알았다. 여의사였다. 남자의사가 아님에 안도감이 들었다. 영상의학과와 산부인과 진료 시에 J가 남자의사에 대한 거부감이 심해 검사 도중 모두 중단한 적이 한두 번이 아니었다. 젊은 치과 여의사는 J를 반갑게 맞이해 주었다. 환자를 환자처럼 대하는 것이 아니라 가족처럼 대하니 J는 거부반응이 적었고, 치료에도 잘 응해주었다.

  나는 치료하는 동안 손을 잡아주고 서있어야 한다. 치과 의사에게 환경 변화에 두려워하는 것처럼 남자를 두려워하는 성향이 있다고 미리 말했다. 그녀가 남자를 두려워하는 이유를 어렴풋이 짐작할 수는 있으나 누구도 그녀의 아픔을 정확히 알지 못한다.

  그녀와 보낸 시간이 열일곱 해를 넘었다. 나는 그녀의 눈빛을 외면하지 못하고 동행하는 일이 습관이 되었다. 아플 때는 병원에 동행하고 약을 챙겨주고, 가끔은 외식을 할 때 돌봄을 지원한다. 그러다보니 오래도록 다니고 있는 직장도 J의 덕인지 모른다는 생각까지 들 때가 있다. 어렸을 때 챙겨준 내 동생들보다 더 긴 세월을 보내며 아직도 다 알지 못하는 J의 마음을 읽는 중이다. J는 단순한 환자라기보다, 내가 보살펴야 하는 언니 같은 존재로 다가와 머물고 있지 않나 싶다.

 그녀와 외출하는 날, 미리 알아서 챙겨주는 직원을 만나는 날은 네잎클로버를 찾은 행운 같은 날이다. 우리가 맺은 관계는 돌봄이라는 이름으로 시작되었지만, 이제는 서로의 존재를 통해 삶의 의미를 깨달아 가는 여정이다. 나는 그를 통해 비로소 온전한 나를 만난다. 삶의 가장 깊은 진실을 배운다. 우리는 서로에게 하나의 우주가 되어, 각자의 고독과 불안을 견디며 세상 속에서 살아가는 법을 배우고 있다.

요양원의 긴 하루

일요일 출근이다. 아침 일찍부터 핸드폰이 울린다. 급할 때만 전화하는 원장이다. 먼저 몇 시쯤 도착이냐고 묻는다. 급한 일이 생겼음이 직감적으로 와 닿았다.

"김학*님이 식은땀이 나고…"

서둘러 가겠다고 하고 택시를 탔다. 기다려 본 사람이면 일 분이 십 분처럼 느껴지는 것을 알 것이다. 바쁠수록 둘러 가라는 말은 괜히 있는 것은 아니었다. 신호란 신호는 다 걸렸다. 요양원 문 앞에 선 원장은 초조함에 얼마나 애태우며 기다리고 있었을까. 요양병원과 달리 요양원은 의사가 근무하지 않는 것이 단점이면 단점이다.

환자의 혈압부터 측정했다. 80/50 낮은 수치다.

할아버지는 이미 죽음을 준비하고 있는 듯 전신이 쳐진 상태로 누웠다. 입소 때 환자 가족의 특별한 요구 사항이 있었는지 확인했다. 가끔 임종을 요양원에서 맞이하는 가족은 미리 적어둔다. 그렇지 않다면 서둘러 병원으로 이송해야 했다. 119를 눌렀다. 어르신 상태를 먼저 물었다. 길게 설명하지 않아도 요양원으로 응급차는 도착했다.

나는 의무적으로 응급차에 동행한다. 구급대원 두 명은 혈압과 산소포화도 측정을 하고, 혈당 수치를 체크했다. 시설에서 환자의 상태를 낱낱이 기록해서 서류를 남기듯이 그들도 기록으로 남길 모양이었다. 혈압도 낮고 산소포화도가 매우 낮아 대학병원까지 가는 것도 힘들 것 같다는 말을 주고받았다. 가족에게 서둘러 병원으로 도착하도록 위급함을 알렸다. 그렇잖으면 환자가 운명할 수도 있다는 말까지 가족에게 하고 나니 내 가족을 떠나보내는 순간을 맞은 듯 입이 바짝바짝 말랐다.

병원응급실에 도착했다. 간호사와 의사가 그간 환자의 상태와 상황을 묻는다. 되풀이해서 설명했다. 응급환자가 발생하면 보통 두세 번 넘게 질문을 받는다. 응급처치가 끝나고 고관절 골절로 의사는 수

술을 권했다. 딸은 고령이라는 말을 내세워 냉정하게 거절했다. 당일에 사망할 수도 있다는 의사 말을 듣고도 가족은 수술만은 반대했다. 조금 후, 가족은 요양원으로 다시 모시겠다는 의사를 밝혔다. 처방받은 약을 복용지도하며 지켜보는 일 밖에 없었다. 아니, 어쩜 돌아가시는 날만 기다리는 곳이 집이 아닌 요양원으로 정해졌다.

사람은 죽음을 생각하며 생활하는 것은 누구나 공평하다. 하지만 고통과 함께 기다리는 것과 일상생활을 조금씩 하면서 기다리는 차이는 엄청나다. 아플 때는 의사에게 치료받을 권리가 있다. 이건 언어로 표현할 수 있을 때만 성립되는 것일까. 요즘은 돌봄에 혼란스러울 때가 있다.

인간의 존엄성은 어디까지 존중되어야 할까. 치매환자 숫자는 점점 늘어나고 낙상사고가 번번이 일어나는 시설에는 가끔 혼란에 빠진다. 고통스러워 물 한 모금 마시지 못하는데 가족 대신 아무런 처치 없이 지켜봐야 하는게 더 안타깝다. 가장 어렵고 힘든 순간이다. 톱니바퀴 모양으로 엮어진 구조적 문제가 하루를 무겁게 한다.

환자의 큰딸은 어느 신부님도 아무것도 처치하지

않고 있다가 사흘 만에 돌아가셨다는 말을 꺼내어 놓았다. 환자나 우리는 권한은 없고 의무만 주어진다. 자식들 의도대로 따를 수 밖에. 지는 해를 기다리며 묵묵히 우리가 할 일을 다 할뿐이다. 사흘 후, 그분은 조용히 눈을 감았다.

 어르신이 아주 먼 길 떠나는 날 요양원에는 가장 긴 하루가 저 문다.

두 할머니

자정이 훨씬 지난 시간인데 잠이 오지 않는다. 낮에 마신 커피 후유증이겠지 하다가 심한 거부감을 토해낸다. 눈에 보이지 않지만, 누군가 내 마음 속에 존재한다. 생각을 주워 담는다. 좋은 일보다 안 좋은 기억들이 줄을 선다.

어제 큰 할머니가 내뱉은 언어는 화살이 되어 타인의 가슴에 꽂혀 오래도록 남을 말들이다. 할머니 입에서 쏟아지는 말에 혀를 내두르고 돌아서기까지 했다. 그분은 가끔 정상인처럼 감정언어를 쏟아 낸다. 비슷한 처지로 한 공간에서 생활하고 있는 중에도 남을 무시하는 언어들을 남발할 때는 이방인처럼 보인다.

요양원 안에 앉아 TV를 보던 날. 갑자기 TV화면

이 보이지 않고 암흑 상태가 왔다. 캄캄한 밤에 덤불 앞에 선 느낌이었다. 그때 한 할머니가 쏟아낸 말들은 데코타일 바닥에 드러눕는다. 병신 같은 것이 리모컨을 만져서 TV가 고장 났다고 난리를 쳤다. 마치 어렸을 적에 말썽꾸러기 동생이 사고를 치고 엄마에게 야단 맞는 것만큼 심했다.

리모컨을 만졌다는 이유로 큰 대가를 치른 작은 할머니. 죄인처럼 앉아 있다가 슬며시 자기 방으로 들어가 버린다. 그 순간 난감한 마음이야말로 어찌 다 표현할까. 누군가 중개 역할을 해야 하는데 아무도 말을 쉽게 못 하고 우두커니 고장 난 화면을 바라보고 있을 뿐이었다.

뒷날, 고장 난 TV 때문에 한숨도 못 잔 작은 할머니가 하소연하기 시작했다. TV는 쓰다 보면 고장이 날 수도 있는 것 아니냐며 나에게 항변까지 했다. 그렇다고 수긍하고 아이 달래듯 따로 달랬는데 어제 그 일이 새삼 억울했던지 꺼내는 말들이 심상치가 않았다. 화가 잔뜩 난 작은 할머니는 두 아들이 있다는 걸 강조하고 자식들의 경제력까지 들먹였다. 마치 못 살아 집이 없어 무시 당한 것 같은 착각이 폭포수처럼 솟아 올랐다. 일은 점점 커졌다. 모욕감에 서러워 여기에 못 있겠다고 울먹였다.

 요양원에는 치매를 앓고 있는 사람들만이 혜택을 누리는 공간이 아니다. 큰 할머니처럼 퇴행성관절염으로 보행이 원만하지 않은 사람도 함께 누리는 곳이다. 100년 가까이 살았으면 욕심도 내려놓을 줄도 알 것 같은데 전혀 그렇지 않다. 큰 할머니는 새로운 터전에서 자기만을 위해 살다 가기를 작심한 사람처럼 느껴진다. 자식들을 적절하게 요양원 시설에서 활용하는 것도 눈에 들어온다. 먹고 싶은 반찬을 사오게 하고 가끔 외식한다고 자주 나간다.

 큰 할머니는 좀 특별하다. 가수들이 나와서 노래 부르는 채널을 싫어한다. 오로지 정치인의 이야기에 눈과 귀를 집중하고 뉴스만 즐겨 본다. 그러다가 정치인을 꾸짖기도 하고, 칭찬도 하며 TV를 개인 소유물로 알고 지냈다. 그러니 TV고장은 큰 할머니께 심적으로 대이변이 일어날 수 밖에 없었다.

 큰 할머니는 남의 말은 들으려 하지 않는다. 아니 다 못 듣는다. 청력이 아주 나쁘다. 오른쪽 귀로만 겨우 세상 소리를 들으며 사는 중이다. 그러니 자기 하고 싶은 말만 하고 나면 상대방이 어떤 말을 하는지 상관치 않는다. 아는 만큼 보이듯 들리는 만큼만 듣고, 남의 이야기는 주의깊게 들으려 하지도 않는다. 듣기보다 말하기에 급급한 그분에게 오늘 같은 날이면 낯설다.

사람에게는 각각의 특성을 보이고 있듯이 큰 할머니는 TV 시청할 때는 조금 다르다. 같은 자리에 있는 사람을 배려하는 마음은 조금도 없다. TV를 개인 소유물처럼 리모컨도 독차지했다. 평소에는 그냥 예사롭게 넘겠는데 오래된 TV고장으로 큰 할머니의 성격이 고장 난 다른 면을 보았다. 일방적으로 당한 작은 할머니의 가슴앓이 하소연이 더 선명하다. 마음에 자꾸 걸렸다. 나도 심적으로 대이변이 일어날 수밖에 없었을까.

고장 난 TV 때문에 인생 뒤안길에서 보여준 큰 할머니와 작은 할머니가 오늘따라 아주 낯설었다. 색깔과 맛이 다른 밖과 겉의 과일처럼 단맛 뒤에 나타나는 쓴맛이 가득한 하루가 또 저물어 간다.

끝과 시작

예감이 든다. 이승의 마지막 목축임이고 삶의 종착역이 보인다. 코로나19가 삶의 경계가 흩어질 만큼 세상을 힘들게 만들었다. 온 누리가 자갈 빛이었다. 어르신들과 이별이 가슴 아프다. 종종 '끝'이라는 단어를 마주할 때마다 마음 한켠이 쓰라려 왔다. 어떤 관계가 끝나고, 어떤 삶이 마침표를 찍는 순간, 공허감은 쉽게 채워지지 않는다. 한꺼번에 비어버린 침대를 바라볼 때마다 그간 마주한 날들의 맑은 웃음과 때로는 눈물로 표현하던 표정. 어눌한 언어들만 침대 위를 그대로 지키고 있다.

어느새 계절이 바뀌고, 끝이 새로운 시작을 알린다. 매듭지어야 할 시간이 지나가고 그 자리에 희미하지만, 분명한 흔적들이 남아 있다. 끝은 한때 무겁고 두려웠지만, 그 무게를 내려놓으면 새로운 가능성의 문이 서서히 열린다.

어느 순간 깨달았다. 끝은 마침표가 아니라 쉼표일 뿐이고, 새로운 삶이라는 긴 이야기를 쓰려는 중 잠시 숨을 고르는 자리이며 다음 장을 시작하기 위한 준비 구간임을 알아채고 준비한다.

돌봄을 시작하고 어르신들과 때로는 함께 웃기도 하고, 슬픈 이야기에 마음이 아팠다. 자식이 이혼한 충격으로 쓰러진 분도 있고, 시집간 딸 김장해주고 과로로 편마비가 왔다는 분도 만났다. 인생의 고달픔이 묻은 채 어르신들의 기억은 현재보다 과거에 머물러 살게 된다. 과거에 행하며 지낸 일들이 습관적으로 나온다. 할머니는 갑자기 배 틀을 찾는다. 배를 짜야 한단다. 영감 밥해주어야 한다고 하고, 아들 밥도 챙겨 주어야 한다니 자기 자신 일은 하나도 없다. 남을 위한 일뿐이다.

끝 없이 반복되는 하루 속에서도 끝과 시작은 늘 존재한다. 누군가와의 대화가 마무리되면 새로운 생각이 피어나고, 친구와의 헤어짐 뒤에는 다시 만남이 기다린다. 꽃잎이 떨어져 흙으로 돌아가는 바로 그 자리에서 또 다른 꽃이 움트듯 끝과 시작은 자연의 이치처럼 서로에게 이어져 왔다.

  요양원 첫날의 풍경은 다양하다. 문 앞에서 나이 든 엄마와 헤어짐에 환자의 딸은 눈물을 흘린다. 엄마랑 헤어져 어린이집 갈 때 울었던 그 딸은 또래들의 재잘거림에 쉽게 달래졌다. 금방 눈물을 닦고 뛰어 놀며 희망을 먹고 자랐다. 세월이 지나 딸이 결혼하고 자기 닮은 딸을 낳았다.

  삼대가 정겹게 살다가 딸이 엄마 나이가 되고, 엄마는 할머니가 됐다. 어린이집 앞에서 울며 조르던 딸은 서 있는 위치가 다르고 장소만 바꾸어 섰다. 철부지 아이가 아닌 철든 어른으로 어린이집이 아닌 요양원 문 앞이다. 딸은 눈물만 계속 흘리다가 무거운 발걸음을 옮긴다. 엄마와의 묵은 끈끈한 정이 자식으로서 부모에 대해 미안함도 큰 몫을 보태두고 떠난다.

  인지가 떨어진 할머니는 아이처럼 딸 손만 잡고 서 있다. 낯선 환경이 싫다. 따라 가겠다고 떼를 쓰다가 하루를 재운다. 예전에 싸리문 밖에서 서성이며 자식을 기다린 것처럼 두리번거린다. 어린이집에는 마음껏 뛰놀고 나면 엄마를 만날 수 있지만, 요양원은 만남이 애매하다.

어르신들이 살아온 세월은 녹록하지 않았다. 습관처럼 내뱉는 말을 보듬어 드리는 일도 만만찮다. 자식들의 역할을 일부분만 할 수 있는 곳이라 어르신께 하얀 거짓말을 하며 달랜다. 내가 어린이집 다니는 외손녀의 활동을 핸드폰에서 보듯이 어르신들의 인지 활동을 핸드폰에 찍어서 노인 딸에게 보내는 것도 비슷하다. 개구쟁이 모습은 생기가 발랄한 내용이지만 식사를 얼마만큼 하고, 배변상태와 수면상태를 알려준다. 외손녀의 알림장을 보고 내 마음이 편하듯이 요양원에 모신 엄마도 딸의 마음이 예전과 별반 다르지 않을 듯하다.

삶에는 시작과 끝이 같이 존재한다. 어린이집 공동생활이 인생 시작이라면 요양원은 삶의 마지막 공동체 생활 터전이지 않을까. 시작은 어린이는 또래와 함께 식사하고 노래 부르며 혼자서 할 수 있도록 모든 걸 배운다. 요양원은 반대로 고령인 어르신들의 일상생활활동과 신체동작을 일깨워 줘야 한다. 점점 잊어버리는 신체활동을 도움 받으며 삶을 이어가는 장소다.

점차 떨어진 인지는 계절을 잊어버리고 숫자를 잊어버린다. 보행마저 안 된다. 숟가락으로 밥을 떠먹는 것도 잊고 밥을 드리면 만지기만 한다. 숟가락에 밥을 떠서 입으로 넣는 것이 어렵다. 입을 여는 것도 잊은 채 앉아 있다. 시간이 흐르면 흐를수록 밥 먹이려면 힘이 든다. 요령이 필요하다. 아이들에게 재미있는 이야기가 흥미를 끌 수 있지만 부모는 자식 이름 듣는 걸 좋아한다.

인지가 떨어져도 끝까지 부르는 이름이 엄마인 것은 맨 처음 맞이한 사람이 엄마라서 그렇단다. 엄마는 내가 받은 처음이고 자식에게는 처음으로 주는 엄마로 기억되니 가장 많이 찾는 순서가 된다는 정신과 의사 말에 공감했다.

인생은 만남과 이별의 감정이 진하게 희석되고 자녀들의 인성과 효의 질도 묻어 있다. 인생의 시작은 병원 분만실이라면 끝은 요양원이나 병원이다. 생을 마감한다는 것은 회상 연속일 수 밖에 없다. 누군가를 끝까지 부르고 찾는 어르신들 곁에서 나는 내일을 기다린다. 늘 시작이니까.

나는 이제 '끝'을 두려워하지 않는다. 오히려 그 안에서 희망을 보고, 다름을 발견한다. 과거의 짐을 잠시 내려놓고, 내 앞에 펼쳐질 미지의 숲길을 천천히 걸어 가본다. 끝과 시작 사이에서 느끼는 그 설렘과 두려움의 떨림이야말로 삶을 더욱 풍성하게 만드는 가장 소중하다는 것을 알기에. 끝내고 또 시작한다. 새로운 삶이라는 책의 한 페이지를 넘기듯 나는 오늘도 나만의 이야기를 써 내려가고 있다.

<소양강 처녀>

그녀는 가족이 없다. 유행가 <소양강 처녀>를 자주 부르는 그녀와 요양원에서 생활한 지 십 년이 넘었다. 혼자서는 일상생활을 할 수 없다. 옷 갈아입기를 되풀이한다. 이 옷 저 옷 아무렇게나 입어보고 외출의 의미를 찾는다. 화장실에 들어가 거울을 보고, 손에 물을 묻히고 머리를 쓰다듬는다. 보통 사람이 습관처럼 하는 그 행동이 그녀에게는 남다른 감각적 자극을 준다. 자기 자신을 강화하는 순간이다. 누구나 할 수 있는 일상생활을 S에게는 반복 학습이 필요하다. 꾸준히 기본동작을 훈련한다. 지금은 혼자서 할 수 있는 것들이 있다.

'해 저문 소양강에 황혼이 지면/
외로운 갈대밭에 슬피 우는 두견새야/

열 여 덟 딸기 같은 어린 내 순정/
너마저 몰라주면 나는나는 어쩌나/
아아 그리워서 애만 태우는 소양강 처녀/'
〈소양강 처녀〉라는 노래를 구슬프게 부른다.

그녀 자신의 아픔을 토해내듯 토씨 하나 틀리지 않고 반주에 맞추어 노래를 끝까지 부른다. S는 지적장애 2등급자. 식사시간이면 음식을 두 손으로 먹기도 했고, 어린아이들처럼 음식을 흘리는 것이 예사였다. 매일 밥 먹는 것, 양치질하는 것, 화장실 사용하는 신체활동을 하나하나 혼자서 할 수 있기까지 오랜 시간이 걸렸다. 반복적으로 하도록 도와주지만 언어 전달이 잘 되지 않아 의사소통에도 어려움이 매우 컸다. 같은 공간 안에는 혼자서 할 수 있는 행동이 늘어났다.

S는 사람만 보면 중얼거린다. 관심을 유도하는 행동은 시간이 지나도 변하지 않는다. 환경이 바뀌거나 새로운 사람을 만나면 그 모습은 심하다. 음식 앞에서는 행동이 아주 빠르다. 굶주린 아이처럼 순식간에 먹어 치웠다. 그때마다 누군가에게 자기 몫을 빼앗기지나 않을까 하는 두려움이 가득해 보인다. 굶주린 것은 밥 뿐이 아니다. 정에 굶주린 자다.

S는 어디서 태어났는지 부모가 어떤 사람인지 아무것도 모른다. 주민등록증의 생년월일은 갑오년으로 등록됐는데, 몇 살이냐고 물으면 매번 스물두 살이라고 대답한다. 마치 잘 달리던 기차가 22라는 숫자의 선로에 멈춘 것 같다. 동요도 곧잘 따라 부른다. 동요와 유행가 부르는 것이 예사롭지 않다. 동요든 유행가든 가사는 정확하다. 그 유행가가 나왔던 시기에는 비장애인으로 생활했을까 하는 나름의 추측도 해본다.

S가 부르는 유행가를 듣다 보면 한꺼번에 책장이 두 장 겹친 상태로 넘어간 느낌이 든다. 두 장 포개진 책 페이지가 궁금하듯 그녀가 살아온 세월이 궁금해진다. 노래는 잘하는데 말은 어눌하고 의사소통은 전혀 되지 않으니 말이다.

누군가가 말할 때마다 S는 앵무새처럼 따라서 한다. 스스로 걸어오는 말은 "안녕하세요"뿐이다.

굶주린 세월의 한을 채우기라도 하려는 듯 먹는 것에는 유독 관심이 많다. 내가 S를 처음 만났을 때보다 체중이 15kg 불어났다. 하지만 항상 배고프다고 한다.

S와 함께 생활하고 '7번방 손님' 영화를 봤다. 주인

공이 지적장애인이었다. 몰입하고 공감하며 영화를 본 것은 S 때문이기도 했다. 안타까움을 몇 배로 크게 느꼈다. 영화는 지적장애인 아버지의 사랑을 듬뿍 담았다. 어린 딸을 키우며 초등학교 입학 선물을 사주려고 약속한 후 일어난 과정을 그린 영화였다. 지적장애인은 처음 입력된 정보와 사고 외에는 좀처럼 다른 인지를 받아들이지 못하는 그 문제점이 실감나게 다가와 안타까움이 더 컸다. 주인공은 딸바보 아빠다. 나쁜 것과 옳은 것을 구별 못 하고 순수하게 받아들이고 행동했다.

S도 깨끗함과 더러움을 모르고 진실과 거짓도 구별 못 한다. 한번 고집한 일은 그대로 고집하고 누구의 말도 거부해버린다. 비장애인은 쉽게 이해하지 못하는 부분이라 보살필 때 가장 큰 어려운 점이다. 그 영화도 사건 발생을 처음 조사받는 과정에서 딸을 위한 것이라고 말하는 한 사람의 말을 송두리째 믿어버렸다. 결과는 엄청난 파국을 불러왔다. 주인공은 나쁜 결과임에도 마냥 좋아하던 모습, 행한 일에 잘못을 모르는 모습. 마치 직진은 있어도 후진은 없는 자동차처럼 그만의 지능적 한계가 엿보였다.

주변에 나쁜 생각을 하는 자가 없다는 생각만 한

그에게 진실을 밝히려는 사람의 노력이 안쓰러울 지경이었다. 그 노력은 장애인이 순조롭게 받아들이는 일이 계란으로 바위치는 격이었다. 다시 재판을 받아도 주인공은 같은 대답일 수밖에 없었다. 한번 들으면 맹목적인 믿음만 있고 불신은 없는 지적장애인의 정신세계를 바꾸려고 비장애인들은 온갖 정성을 쏟고 노력하지만, 기대한 만큼 성과가 없어서 억울하고 애통했던 영화였다.

S와의 생활로 장애인과 비장애인의 사고 차이가 크게 실감 나는 영화라 오래도록 기억한다. 현실적으로 나와 다른 감정이 발생할 수 있음을 읽었고 남다른 감회에 젖었다. 세상에 거짓이 아닌 진실만이 존재한다면 어떨까 하는 바람을 수 없이 해보면서 말이다. 그녀를 보면 나를 뒤돌아보고 내가 가진 욕심을 내려놓는 일도 생긴다.

요즘의 S는 참 편안해보인다. 위생 관념이 전혀 없었던 그녀가 오늘도 얼굴을 씻고 거울도 자주 보며 밝게 인사를 한다. 오늘도 〈소양강 처녀〉의 노래를 부르며 그리움을 삭이는지도 모른다. 그녀가 더 이상 혼란에 빠지는 일이 없기를 늘 기도한다.

코로나19와의 동침

코로나19가 온천지를 뒤흔들었다. 의무적으로 코로나19 검사를 받았다. 확진 받은 자와 접촉이 있어서가 아니라 요양시설에 근무하는 자는 예방이 우선이라 내린 조치였다. 보건소 직원 앞에 면봉 두 개가 보였다. 한 개는 코, 하나는 입안에서 점액을 채취했다. 처음에 검사 때는 무엇을 어떻게 하는지 몰라 매우 두려웠다. 검사를 계속하다 보니 내가 어떠한 곳을 다녔는지 확인하는 느낌마저 들었다. 코로나19가 멈추지 않고 점점 퍼져가는 추세라 불안한 하루하루였다.

 직업상 검사받아야 하는 것이 무조건적이다. 처음 당하는 일은 어떤 것이든 서툴고 힘들다. 전염성이 강한 코로나19가 차가운 바람이 부는 보건소 마당에도 사람들로 가득 채웠다. 나이 많은 사람들이 봉고차에서 내렸다. 하얀 백발의 노인이 힘겨워 보였다. 걸음걸이가 어설퍼 부축하는 사람이 따랐다. 몹쓸 코로나가 불편한 사람을 더 힘들게 했다. 긴 줄을 서서 기다리는데 날씨마저 싸늘하니 몸이 웅크려졌다. 마음이 더 추웠다.

면봉으로 채취가 끝났다. 결과가 나오기까지 조급증과 불안감에 사로잡혔다. 코로나19는 삶 전체에 불편을 주었다. 다른 지역에 떨어져 사는 가족과 만나는 것도 순조롭지 않았다. 요양원 면회가 전면 금지령이 내려졌다. 인지가 있는 어른은 자식이 보고 싶은 눈치가 보였다.

현실을 정확하게 파악 못한 그들은 지금의 심각성을 모른다. 부모를 버렸다는 생각에 사로잡히는 듯 더 힘들어한다. 아무리 설명해도 먹히지 않는다. 분노가 쌓이고 쌓이면 거침없는 짜증을 자주 낸다. 아파 죽겠다고 통곡하며 가족을 찾는다. 코로나19의 독침은 매우 강하다. 새로운 생활에 고충을 안고 삭혀야 한다.

전염병은 두렵고 무서운 존재였다. 서울에 사는 딸이 울먹이면서 전화했다. 사위가 직장에서 감염자와 접촉했다고 검사받으러 갔다고 했다. 결과가 나오기도 전에 걱정이 태산이었다. 매일 웃음 머금고 전화하던 음성을 코로나19가 다 잡아먹어 버렸다. 감염자와 접촉했다는 이유만으로도 검사하라는 연락 받고 불안에 휩싸여 떨리는 목소리가 하늘에 떠 있는 먹구름과 같았다. 금방이라도 우박이 떨어져 농작물이 피해 볼 농민의 안타까운 심정 같다는 느낌이 들었다. 평소에 예사로이 행하던 일이 이토록 고마운 일이었는지 되돌아본 하루였다.

딸은 둘째아이 출산 후 육아휴직 중이었다. 아이 둘을 어떻게 돌봐야 할지 미리 걱정이었다. 국가에서 정해진 당연한 조치에 어린이집에 등원했던 큰아이부터 서둘러 데리고 와야 했다. 네 살배기 아이는 영문도 모르고 엄마 손에 잡혀 집으로 돌아왔다. 사위의 검사 결과가 음성으로 나왔다. 하지만 감염자와 접촉했다는 이유만으로 방에서 격리되어 생활해야 하고 큰아이도 집에만 있어야 했다.

자가격리 기간 사위도 외손자도 자유가 제한되었다. 직장과 어린이집에 다니던 공간 이동을 박탈당했다. 자유를 잃은 두 남자는 작은 아파트 안에서만 있어야 하니, 방문을 잠그고 있는 사위와 문을 열려는 철부지 외손자와 부딪힐 일만 주어졌다. 그 전쟁을 지켜보다가 딸은 친정으로 오고 싶다고 전화했다. 하지만 아이 둘을 데리고 집을 나서는 게 엄두가 나지 않는다고 말했다. 나가려고 해도 지뢰밭이고 집에 있으려니 천방지축인 아이와 싸울 일이 큰 부담으로 다가와 머리가 터질 것 같은 나날을 참지 못하겠다고 하소연했다.

 나는 냉정했다. 전쟁 중이라고 생각하고 작은아이는 둥쳐 업고 큰아이는 손잡고 오든지 아니면 견뎌 내라고 말했다. 딸이 울먹이며 힘 빠진 목소리로 수화기를 내려놓았다. 처음 당하는 일이라 모두 힘든 일이다. 완전 확진이라고 문자 받은 것도 아닌데 온 가족이 힘들었다. 일주일간 격리로 한집에 있으면서도 밥도 따로 먹어야 하고 잠도 따로 자야 했다. 얄궂은 운명을 맞이한 기간이었다.

 일주일간의 격리 기간이 끝나고 다시 검사했다. 두 번째 검사까지 끝냈지만, 초조한 마음은 여전했다. 혹여 무증상 속에 코로나가 숨어 있을까 싶어 더 걱정스러웠다. 마지막 발표 나는 그날까지 온갖 상상은 머리에서 쉴 새 없는 나래를 폈다가 접혔다. 태연하게 숨을 쉬고 있어도 마음이 편하지 않았다. 한집에 있으면서 식당에서 나오는 따로국밥처럼 따로따로 행동해야 한다니 얼마나 슬픈 일인가.

 오전 10시 음성으로 결과가 나왔단다. 참 다행이었다. 큰외손자는 바로 어린이집에 갔다. 코로나19는 많은 것을 힘들게 하고 슬프게도 했다. 언제쯤 끝날까. 평범한 우리의 일상이 얼마나 고마운 일인지 모르고 살았다.

 어린이집 활동 알림장에 보육교사가 적어둔 문장을 읽고 울컥했다. 매일 교구를 가지고 놀이하며 지냈던 외손자가 "나 이것 정말 하고 싶었어"라고 말해 마음 짠했다는 글의 울림은 아주 컸다. 예전에 느껴보지 않은 평범한 일상의 고마움을 일깨워준 코로나19이지만, 다시는 우리 곁에 머물지 말고 멀리 도망가길 바란다.

아흔 살 할머니

걸음걸이가 어설펐다. 금방이라도 쓰러질 듯 힘이 하나도 없어 보였다. 식사를 제대로 하지 않아 보행이 어렵다는 할머니. 불안증세가 심했다. 화장실을 수차례 드나들었다. 화장실 다녀온 지 채 3분도 되지 않아 또 간다고 일어섰다. 낙상의 위험이 높다. 걱정됐다. 치매약과 신경안정제 복용 중이지만, 전혀 약의 효과가 없어 보였다. 심리적 불안한 행동에 중점을 두고 관찰이 시작됐다. 화장실 드나드는 횟수를 줄이는 것이 최우선의 과제였다.

해 질 무렵이면 더 심하다. 문밖으로 나가려고 고집만 부렸다. 휠체어에 앉혀두면 금방 일어서는 일이 예사였다. 굳게 닫힌 문을 열려고 하고 눈만 마주치면 떼를 썼다. 끊임없는 실랑이로 하루가 저문다.

할머니께 심리적으로 불안한 감정을 다독여주며 시설에 적응하도록 돕는 일 외는 특별한 방법이 없어 보였다. 인지가 있는 아흔 살 할머니에게 믿음이 필요했다. 한 가지 한 가지 맞추며 돌봄에 최선을 다해 모셨다.

　첫번째로 매일 다정하게 인사를 나누고 짧은 생활 이야기를 나누었다. 반응이 없었다. 두번째는 선의의 거짓말을 만들었다. 제가 둘째 딸의 친구라고 소개하고 안부를 전했다. 세번째는 공감하는 언어를 찾았다. 살았던 지역의 시장과 약국 이름까지 들먹였다. 반응을 보였다. 평생 살았던 대신동 동네를 어떻게 아느냐 하는 눈치였다. 눈에 익은 약수 목욕탕 이름을 들먹였다. 자주 갔단다. 표정이 달라지고 말을 꺼냈다. 따스한 미소를 입가에 머물고 말하니 친근감이 느껴졌다. 네번째는 자기의 작은딸 이름을 들먹이고 이야기를 했다. 잘 아는 사람이 할머니 옆에 있다는 걸 인식시키니까 마음이 열렸다.

　아흔 살 할머니께는 요양원은 망망대해로 유배 나온 거나 다름없었을테다. 낯선 땅에 사방이 모르는 사람들뿐이니 말이다. 평소 드나들었던 경로당 같은 곳에 머문다는 느낌이 오도록 도왔다. 앞 동네로 이사 와서 생활 터전 잡은 그때처럼 서서히 반응이 나타났다. 인지 프로그램의 노래부르기와 신체활동에 적극성을 띠었다. 매일매일 달랐다. 한 달이 지났다. 마음의 문을 열고 다가오는 것이 눈에 보였다. 화장실 가는 횟수가 줄어들고 앉아계시는 시간이 길어졌다. 오래 앉아 텔레비전을 보았다. 아주 편해졌다는 걸 우리는 알 수 있었다.

할머니는 시장에서 수십 년 장사를 했단다. 숫자계산은 으뜸이었다. 한글을 터득하신 분이라 텔레비전 화면에 보이는 글자를 차근차근 읽었다. 노래부르기, 숫자세기 등을 틈나는 대로 했더니 흥미를 갖고 안방에 앉아 있는 만큼 편안해 했다. 점점 한집 식구 같은 생활로 접어들었다.

같은 그림 짝 맞추기는 되는 편이어서 매일 30분씩 다른 분들과 화투치기 자리를 마련했다. 화투놀이 진행은 내 몫이었다. 세분을 팀으로 짜서 자리에 앉았다. 한 분은 알츠하이머 치매가 심했다. 또 다른 한 분은 정말 아무것도 안 되는 지적장애 2급이다. 셋이 함께하는 화투놀이에 나는 중계자 역을 맡았다. 매화, 난초, 목단, 국화, 비 등 그림을 볼 때마다 짝을 맞추어 서둘러 각자 앞으로 갖다 놓았다. 조금씩 경쟁심을 보였다. 아흔 살 할머니가 제일 흥미를 느끼고 화투를 쳤다.

요양원에서 안정을 찾기까지 사람마다 적응기간이 다르다. 신뢰하는 가족들의 행동도 크게 한 몫 한다. 정기적으로 약속한 날에 면회 와주는 일이다. 적응이 어려울 것 같았던 할머니는 빠른 속도로 안정을 찾았다.

할머니는 고쳐지지 않는 행동이 한 가지 남았다. 젊어서 아들을 의료사고로 먼저 보냈다. 시장에서 일하며 손자를 키운 일이 한이 된 슬픈 사연을 지닌 분이다. 해 질 무렵이면 손자 밥을 걱정하며 문 쪽으로 다가섰다. 가슴에 박힌 아픈 기억 틀에서 좀체 벗어나지 못했다. 어쩜 치매는 젊었을 때 받은 정신적 충격이 노후의 생활까지 흔드는 것 같아 마음이 더 짠하다.

요양병원에 입원했을 때도, 할머니는 심리적인 불안에 식사도 거부하고, 면회 온 작은딸을 볼 때마다 따라 나섰단다. 매번 어머니 성화에 못 이긴 작은딸은 어머니를 요양원으로 모셨다. 작은딸 역시 마음고생이 심했다. 요양병원이랑 뭐가 다를 게 있을까 하고 내심 걱정을 했었는데, 딸은 면회 올 때마다 어머니의 밝은 표정을 보고 마음이 놓여 면회도 자주 왔다. 딸은 친정엄마 집에 왔다 가는 것처럼 편안해 보였다.

  매주 금요일이면 음악치료 프로그램이 있다. 할머니는 노래 부르는 걸 좋아했다. 마이크를 잡고 인사말도 하고 노래도 잘 부른다. 젊었을 적 노래자랑 대회에 나가서 일등했다고 자랑했다. 큰 박수로 화답하면 마치 대회 무대에서 노래 부르듯 잘 불렀다. 또 다른 여가 프로그램인 그림색칠에도 적극적이다. 많이 건강해 보인다. 낯선 환경에 적응하신 뒤 잘 지내면 우리도 기분 좋은 나날이 이어진다.

  할머니! 이제 집에 안 가고 싶으세요? 하고 물어본다. 내 집이 이곳이라고 또렷하게 말한다. 불편함이 전혀 보이지 않는다. 혼자서 식사도 스스로 할 수 있는 할머니. 가족이 면회 왔다가 헤어져도 여유있는 웃음을 보이며 헤어진다. 참 좋아 보인다.

  석 달만 마음 편하게 계시다가 먼저 간 아버지 곁으로 떠났으면 좋겠다는 할머니 작은딸의 바람은 오래전 지나갔고 요양원에서 생활한 지 삼 년이 훌쩍 넘었다. 손자의 아픈 기억마저 요양원 시간 속에서 무디어져 갔다. 오늘도 화투놀이로 지나온 세월을 조금씩 지워가는 아흔 살의 할머니는 걱정이 없어 보인다.

5부

느낌의 차이
건망증이라고 하기는
아직은
짧은 순간
섬 속에 섬
명품
청량사 하늘다리
그 방에 가면

느낌의 차이

비 온 뒤의 아침 미세먼지에 가렸던 먼 산도 여느 때보다 가깝다. 햇살이 나뭇잎 사이로 부드럽게 내려앉아 더 초록빛 잔디밭 위에 반짝이는 점들을 흩뿌린다. 발걸음도 가볍고 상쾌하다. 우리가 살아가는 모든 순간 공기는 언제나 우리 곁에 머문다. 손에 잡히지 않는 존재지만 익숙하다. 공기가 없으면 우리의 하루도 숨 쉬는 일도 멈추게 될 것 같아 더 소중함을 보듬고 걷는다.

시민공원에서 중년 부부가 내 앞으로 걸어간다. 날씨에 대한 관심을 주고받으며 걷는다. 그들도 깨끗해진 공기가 주제다. 미세먼지가 심해 산책도 마음대로 할 수 없었던 날의 아쉬움을 토로한다. 남자는 현재도 공기가 나쁜 편이라고 한다. 나는 귀를 의심한다. 나도 모르게 그들의 대화에 '아니다'란 세 음절을 연속적으로 되뇌며 먼 산을 본다.

　빠르게 걷는다. 하늘을 쳐다본다. 나무들도 신선한 공기를 잔뜩 머금고 있다. 황사도 없고 깨끗한 날이라고 나무가 말한다. 이런 날을 미세먼지 있다고 한다면 뿌연 먼지가 매우 심해서 앞산이 안 보이던 그때는 그 남자는 어떻게 표현할까. 상식적으로 생각하는 것이 아주 다르다는 것을 알았다. 어쩌면 약간의 미세먼지로 시야가 흐리면 숨 막혀 살 수 없는 날이라고 외출도 안 했을지 모른다.

　어떤 사물을 개개인이 보고 느끼는 차가 크다는 것을 새삼 알았다. 공기에 관심이 많고 예민한 사람에게는 반응의 각도가 아주 다르다. 반면 바쁘게 사는 사람이나 공기에 큰 관심을 두지 않은 사람은 나쁜 것도 채 느끼지 못하고 살겠지. 공기를 어떻게 보느냐에 따라서 표현할 여유를 찾는게 아닐까.

　한 공간에 있는 사물도 각자의 관점에 따라 다르다. 남편과 딸은 공기에 대해서 유난스럽다. 평소 사소한 것에도 아주 예민한 편이라 옆에서 보는 나는 힘들다. 딸은 미세먼지 때문에 빨래한 아이 옷을 베란다에 널지 않는다. 미세먼지로 건강염려증에 갇혀서 사는 것 같아 답답하다. 예민한 아빠 성격을 닮았다고 타박을 준다. 공기가 나쁘면 외출도 삼가야 한다는 생각까지 닮은 딸이 밉다. 컵에 물의 양을 보고 절반 밖에 남지 않았다는 사람과, 아직도 절반이나 남았다고 하는 사람과 부딪히며 사는 것과 똑같은 이치겠지.

어렸을 적 봄날에 황사는 심했다. 뿌연 모래 먼지가 앞산을 휘감고 놀았다. 누렇게 가려진 황사는 각종 오염의 측도가 어느 정도인지 몰랐다. 봄이면 불어오는 높새바람 때문에 미세한 모래 먼지가 우리 곁에 왔다가 사라진다고만 알고 기다렸다. 싫었지만 연례행사처럼 맞이하고 보낸 봄날들의 연속이었다. 언론문화가 발달하지 않은 시대였다. 요즘처럼 미세먼지가 크게 부각되지도 않았고 뉴스에도 오르내리지 않았다. 많은 비가 온 뒤의 흙탕물은 시간이 지나면 맑아지듯 그냥 그러려니 했다.

언론 쪽으로 듣는 것이 적어서 미세먼지 오염이 여러 질환을 일으킨다는 것까지도 모르고 심각하게 염려하는 사람을 보지 못했다. 요즘처럼 뇌졸중, 심장병, 폐질환에 걸릴 수 있다는 언론 기사를 보고 들었다면 어찌 걱정이 안됐을까. 건강염려가 심한 사람에게는 분명히 더 크게 부각될 만한 뉴스다. 불안을 초래하는 현실에 외출도 꺼리는 것은 사실이다. 질병도 집착 때문에 더 심한 고통을 받는 사람이 있고, 예사로이 듣고 넘어가는 이도 있다. 적당해야만 건강한 삶을 누릴 수 있는 거라고 나는 믿는다.

미혼 시절, 산부인과에서 근무할 때다. 꼭 필요한 검사를 앞둔 환자에게 의사가 매번 강조하던 말이 떠올랐다. 매일 불임치료 환자에게 자주 하던 질문으로 오래도록 기억한다. 모든 질병의 치료에는 부작용이 따른다. 하지만 치료가 꼭 필요한 환자에게 매번 질문을 던졌다.

"교통사고가 난다고 자동차 타지 않습니까." 사고의 위험성 높은 자동차를 타고 다니며 편리함을 느끼는 것처럼, 치료에 필요하다면 부작용이 있어도 약을 써야 치료된다고 적극적으로 권했다. 그 말은 오래도록 내 귓가에 남았다. 얻는 것이 있으면 잃는 것도 있으니 적당히 받아들여야 한다는 뜻을 주장하는 의사와 십 년 넘게 믿어오고 일상에 공감하고 적절하게 활용하는 편이다. 대체로 무슨 일이 일어나면 긍정적인 쪽으로 판단한다.

내가 아는 아흔다섯 살 할머니는 한여름인데 전기

장판을 켜고 내의를 입고 지낸다. 오리털 이불까지 덮어야 한다고 요구한다. 집착이다 싶으면서 주택에서 오래도록 생활해 온 습관이 속옷을 여러가지 껴입고도 추위를 이겨내는 할머니의 건강법이라 믿는다. 이처럼 개별적으로 느끼는 차이는 다양하다. 내적, 외적 요인들의 복합적인 결과라 서로의 차이를 인정하고 이해하는 태도가 필요할 뿐이다.

여름에도 추위를 심하게 느끼는 할머니와 공원 산책길에서 미세한 먼지에 예민한 사람의 차이는 보통 사람과 다름으로 받아들인다. 미세먼지 측도나 할머니의 오리털 이불 집착은 개인따라 각각 다른 건강 유지법인 셈이다.

공기가 좋고 나쁨을 인식하는 것과 건강을 염려하는 측도도 개인의 느낌 차이에서 크게 다른 것이 아닌가 싶다. 나는 나대로 상쾌한 기분으로 공원길을 걷고 있다.

건망증이라고 하기는

건망증은 심술쟁이다. 보일 듯 말 듯, 기억이 날듯 말 듯 아주 힘들게 심술을 부린다. 번쩍였던 기억의 조각들이 금세 흐려지며 마치 흐릿한 안개 속을 헤매는 것 같다. 다음에 할 거라고 말하면 비웃고, 미루면 끝없이 숨바꼭질해 버린다. 내가 두었던 물건을 찾는 일은 예사다. 가끔 건망증으로 민망한 일을 당하고 실수도 한다. 핸드폰을 손에 들고 찾는 사람, 냉장고에 넣어 두었다는 사람 등. 때로는 상상을 초월한 일들을 실수담으로 웃으며 들었다.

얼마 전 친구들과 자가용을 타고 남해고속도로를 달렸다. 고향 가는 날이면 여럿이 타고 간다. 초등학교 동창회나 경조사에 참석하는 날은 술 못하는 남자 동창친구가 운전한다. 그날도 세 명이 타고 결혼

예식에 가는 날이었다. 주말이면 남해고속도로는 자동차가 몰려 막힌다. 결혼식에 늦을까봐 휴게소 들어가지 않고 주유만 하고 가는 걸로 했다.

주유기 앞에 자동차 몇 대가 차례를 기다리고 있었다. 금방 끝날 거라고 생각했는데 시간이 지체되었다. 친구와 나는 화장실에 가고 싶었다. 이야기를 한참 주고받던 친구와 같이 내렸다. 주유하는 친구에게 말하지 않고 화장실로 갔다. 잠깐이면 된다는 생각에 가방도 핸드폰도 모두 두고 내렸다.

잠시 후 자동차 문을 열었다. 낯선 사람들이 타고 있었다. 순간 우리가 타고 온 차가 아님에 놀랐다. 당황스러웠다. 급하게 문을 닫아주고 사방을 둘러봤다. 친구도 자동차도 보이지 않았다. 우리는 난감한 표정을 지을 수밖에 없었다.

"설마 우리를 두고 가버렸을까"라는 말이 동시에 나왔다. 갑작스러운 일이 혼란을 불러왔다. 뒷자리를 어찌 확인도 않고 갈 수 있지? 이해가 되지 않았다. 가끔 라디오 방송에 들었던 사건이 내게도 일어났다. 현실은 아주 당혹스러웠다. 예순 중반을 넘은 나이라 이런 일 앞에서 어떤 묘안이 빨리 떠오르지 않았다. 핸드폰도 없으니 연락을 할 수 없어서 기가 찼다. 처음 당한 일에 정신이 헷갈리고 어찌할 바를 모를 서글픔이 밀려왔다. 기억의 서랍을 열었지만 찾아야 할 단서들이 모두 흐려져 버려 미로 속에서 길을 잃은 기분이었다.

운전한 친구는 말이 없는 편이다. 동창회 때와 다른 만남이 있는 날에도 인사하고 나면 끝이다. 누가 말할 때 듣고만 있는 친구다. 그날도 뒷좌석에 앉아 마음껏 떠들어도 끼어들지 않았다. 시간이 지체된 것만 생각하고 결혼예식에 행여나 늦을까봐 뒤도 확인하지 않고 서둘러 떠난 것이 틀림없었다. 하나는 생각하고 둘은 생각 안 하는 친구는 사람이 있는지 없는지 조금도 의심하지 않고 갔을 친구라며 결론을 모았다. 친구를 원망할 때가 아니었다.

어떤 방법이든 해결책을 찾아야 했다. 무인도에 빈 몸 하나 떨어진 처량한 신세였다. 난감했다. 고속도로의 수많은 자동차가 자유롭게 씽씽 달리고 있는데 우리는 궁중 속에 미아가 된 느낌이 들었다.

그때였다. 다른 자동차 운전석에서 누군가가 손짓을 계속했다. 난감한 우리 처지를 계속 지켜보고 있던 그가 구원의 줄을 내려준 것일까. 처음에는 의심스러운 맘이 앞서 외면했다. 남자가 가까이 걸어 왔다.

"당신들이 타고 왔던 차는 주유하자마자 떠났습니다."라고 아주 친절히 알려 주었다. 그러면서 어디까지 가느냐고 물어 왔다. 우리는 하동에 간다고 했더니 진주까지는 도움을 줄 수 있다며 같이 타고 갈 것을 권했다. 사람은 위기에 처하면 깊이 생각지 않고 편한 쪽을 선택하게 된다. 오로지 그 목표는 단순한 한 가지, 주유소를 벗어나서 친구를 만나야 한다는 생각 뿐이었다. 의심 반 고마움 반으로 남자의 뜻을 따랐다.

차를 탔다. 차 안에는 그의 아내가 타고 있었다. 나쁜 사람이 아닐 것 같아 안도의 숨이 나왔다. 그는 운전 중에 도로 주변을 계속 살피며 갔다. 혹시 우리가 타고 온 차가 정차하고 있는지 살피는 중이었다. 얼마쯤 갔을 때 졸리면 쉬어가라는 쉼터가 보였다. 그의 예감처럼 혼자 떠났던 친구는 쉼터에서 정차하고 먼 산을 바라보고 있었다.

친구 역시 아주 난감했다는 것을 표정으로 읽을 수 있었다. 뒤늦게 전화를 걸어 보았지만 벨은 뒷좌석에서 울리고 차를 되돌려 갈 수도 없어 고민하며 쉼터에 정차했단다. 마주쳐다보며 겸연쩍은 것은 우리도 마찬가지였다. 짧은 순간의 고충이 끝나고 모두 안도의 숨을 내쉬었다. 그 남자의 친절한 배려 덕분이었다. 그분께 고맙다고 인사를 몇 번이나 했다.

아직은 나쁜 사람보다 좋은 사람이 많은데 의심부터 했던 나 자신이 부끄러웠다. 모두 생각들이 사라진 공간에 어색한 침묵만 흘러 한참동안 마음 한편이 공허하게 메말라 갔다. 그분 덕분에 시간 안에 결혼식에 참석할 수 있었다.

평소에 말을 잘하지 않으니 그 친구의 감정표현을 전혀 알 수 없었다. 그냥 무던한 친구였는데 모처럼 그 친구의 말을 많이 들었던 날이었다.

건망증은 마치 친구처럼 붙어 다닌다. 약속도 잊고, 크나큰 실수로 물건을 잃어버리곤 한다. 요즘 흔해진 치매가 아닐까 염려도 해본다.

그날 일을 건망증이라고 하기는 좀 그렇지만 위와 비슷한 일은 계속 진행 중이다.

아직은

　밤에 꿈을 꾼다. 밤이 깊어져 가면 세상은 조용해지고 모든 것이 잠에 잠긴다. 어둠이 세상을 감싸 안을 때, 내 마음 깊은 곳으로 천천히 걸음을 옮긴다. 꿈 속은 신비로운 공간이다.

　언젠가부터 특별한 일이 생겼을 때마다 꿈을 꾸었다. 잠이 들면 현실은 사라지고 그 자리에 낯설고도 익숙한 꿈의 세계가 펼쳐진다. 아침에 눈 뜨면 생생하게 떠오르는 꿈이 있고, 눈 뜨기 전에 잊어버리는 것도 있다. 꿈은 좋은 일보다 걱정하는 문제로 기억에 오래 남는다. 그때마다 예사롭게 넘겨 버리려고 애를 쓰는 편이다.

　꿈은 마치 밤하늘에 흩뿌려진 별빛처럼 반짝이다가도 어느 순간 바람결에 사라지는 연기 같다. 붙잡으려 할수록 더 멀어진다. 꿈속에서 낮과 밤이 뒤섞인다. 간밤에 남은 감정과 행동은 여전히 나를 붙든다. 시간은 마치 일 년이 하루 같이 바뀐다. 어제의 기억과 내일에 대한 기대가 맞닿아 현실 경계가 허물어지기도 한다. 낯선 거리, 그리운 얼굴들, 말 없이 건네는 따스한 손길. 그 모든 것이 그렇다.

 꿈 속에서 가지를 세 개 땄다. 보랏빛 윤이 빛나고 튼실한 가지를 들고 아주 좋아했다. 왜 이런 꿈을 꾼 걸까. 꿈이 풀리지 않는 수수께끼처럼 나에게 말을 건네는 아침이었다. 더구나 딸의 생일 아침인데 간밤의 꿈이 종일 떠오른 날에는 꿈속에서 한 행동과 본 물건을 습관처럼 현실과 연관지어 본다.

 가지 꿈은 무엇을 의미하는 걸까. 옥상에 심어둔 가지가 주렁주렁 달린 걸 보고 꿈속의 유영일거라고, 단순하게 생각하며 하루를 열었다. 가끔은 잠에서 깨어난 후 어슴푸레한 그 빛깔이 마음 속에 남아 하루가 힘들 때도 간혹 있었다.

 88년도 올림픽이 끝나고 부동산 가격이 최고로 치솟았다. 아파트 분양받은 지 삼 년이 지난 후였다. 방 두 칸짜리 소형 아파트에 살던 집을 팔고 옮기겠다고 마음 먹었다. 그때 꾼 꿈은 지금도 선명하다. 꿈은 단순한 환상이 아니라 내 안의 숨겨진 이야기, 때로는 내가 미처 마주하지 못한 예측인 것을 짐작 못했다.

아들딸이 초등학교 입학하고 각자의 방이 필요했다. 자고 나면 아파트 시세는 평당 몇십 만 원씩 올랐다. 이웃들은 양도소득세가 없는 시점이라며 비싼 값을 받고 아파트를 팔고 떠나갔다. 이웃이 이익 챙기고 새 집으로 이사를 하니 은근히 부러웠다.

우리도 아파트를 팔기로 마음먹었다. 이사갈 곳을 부동산에 의뢰했다. 하루하루 이집 저집을 보러 다녔지만, 입에 맞는 떡처럼 쉬운 일은 아니었다. 가진 돈에 맞추어 넓은 구축 아파트로 옮기려니 마음이 썩 내키지 않았다. 그렇다고 마음먹었던 일을 쉽게 접고 그냥 주저앉고 싶지도 않았다. 이러지도, 저러지도 못하는 지경에 이르렀다. 자신의 건강을 모르고 매일 마라톤 연습을 시작한 사람처럼 뒤에 닥칠 고통은 아무것도 모른 채 이사가고 싶은 마음을 포기하지 못했다.

부동산 쪽에 연락이 오면 신경 써서 다녔다. 들떠 있던 마음은 다른 일을 제대로 해낼 수 없도록 만들었다. 정신적으로나 육체적으로 지쳤다. 한꺼번에 쏟아지는 잠을 못 이겨 푹 자고 싶었던 오후였다.

　꿈 속에 소형 아파트 거실 안에 햇빛이 밝게 비추고, 시아버님과 멀킈있는 시누님과 누이가 다 보였다. 제사 때가 아니껀 다 모이지 않는 가족들을 보면서 반가워하면서도 불편한 표정이 감지됐다. 그 순간 막내 시누이가 아버님의 팔을 잡으면서 일어섰다.
"아버지 이제 가십시다."
"아니다. 아직 갈 때가 멀었다."
　아버님은 가시지 않겠다고 시누이 손을 뿌리치며 큰소리쳤다. 아버님의 카랑카랑한 목소리에 놀라 눈을 떴다. 머리가 복잡했다. 뭔가 암시로 던진 것 같은데 정확하게 뜻을 알 수 없었다. 나 자신에게 던진 말이 뭘까 알고 싶었다. 이사갈 아파트가 쉽게 구해지지 않으니 며느리에게 위로하는 꿈일까. 아버님이 큰 소리로 말한 '아직'이란 말이 목에 가시처럼 걸려 매일 따라 다녔다. 아파트가 빨리 구해지지 않음을 각인시켜 준 게 아닐까. 편리한 쪽으로 합리화해 버렸다. 그럴듯한 해석까지 했더니 마음의 여유가 생겼다.
　마음고생 잔뜩 한 후 이사갈 아파트를 계약했다. 꿈 속에서 아버님이 말씀하신 '아직'이란 뜻은 그만한 기간을 두고 기다리며 해결될 의미의 뜻이라 받아들였다. 마음이 홀가분해지고 그렇게 좋을 수가 없었다. 이사갈 수 있다는 쪽에서만 본 해몽은 딱 들어맞았다. 설레는 마음으로 눈을 감고 또 다른 나를 만나러 떠날 준비를 했다.

문제는 그 뒤에 일어났다. 살던 아파트가 팔리지 않았다. 아파트를 먼저 팔고, 이사할 계획을 세웠던 일이 거꾸로 돼버렸다. 매입한 아파트 잔금 날이 다가왔다. 돈을 빌려 본 적 없던 우리는 지옥 같은 나날이 시작됐다. 신경이 날카로워지고 부부 싸움도 잦았다. 친정과 시댁 쪽으로 일 억 원 가까운 큰돈을 빌려줄 만큼의 여유가 없었다. 설령 있다고 빌려줄지도 모르는데 주변에 부자가 없다며 우울해 했다.

아파트 매도인에게 양해를 구하고 살던 아파트는 매매가 아닌 전세로 급히 전환했다. 아파트 시세는 마치 주식이 고점을 찍고 내리듯이 쭉쭉 내렸다. 사는 물건은 비싼 가격에 계약해 두고, 팔려던 아파트 값은 계속 하락 시세였다. 큰 손해를 보고 팔아야 하는 주식시장과도 같은 처지였다. 주식과 부동산을 잘 활용하고 차익도 챙기는 시기였지만, 그 모두가 우리에게는 예외였다. 한숨만 거듭 내쉬는 게 내 몫이었다. 남들 따라 장에 가다가 넘어진 꼴이 되고 말았다.

  꿈에서 아버님이 던진 '아직'이란 의미를 새롭게 해몽해 봤다. 집 팔고 이사갈 때가 아님을 일깨워준 꿈이었음을 뒤늦게 알았다. 생전에 자식 걱정으로 일생을 다하고 돌아가셔도 자식이 얼마나 걱정되었으면 꿈에 나타났을까. 어리석게 욕심을 부린 나에게 큰 뜻을 던진 아버님의 질책을 외면하지 않았다면, 힘들지 않고 편하게 살지 않았을까. 지금 돌아보니 욕심이 빚어낸 바보스러운 그 행동들에 쓴웃음만 나온다.

  해 질 무렵에 딸이 둘째아이를 가졌다며 전화해 왔다. 가지 꿈은 태몽이었던 것이다. 아무도 모르는 나만의 비밀스러운 여행, 꿈길을 따라 조용히 내 안의 미래 세계를 여행한다.

짧은 순간

직업 특성상 일주일에 한 번 코로나19 검사를 했다. 그날도 출근 전에 보건소로 먼저 가 검사하는 날이었다. 보건소까지는 마을버스를 이용하는 게 편하다. 출발점이 아파트 단지 앞이고, 마을버스는 십분 간격으로 출발하니 시간에 맞추어 나가면 된다. 목적지까지 십여 분 단축하니 바쁜 아침시간에는 짧은 순간이나마 여유가 생겨서 좋았다. 의자에 앉아서 갈 수 있다는 장점이다.

마을버스는 유용하게 활용하는 교통수단이지만 단점이 따른다. 마을버스 특성상 골목골목을 누비며 달린다. 굴곡이 심한 도로 모퉁이마다 곡선을 그리니 모퉁이를 돌 때마다 몸 중심이 흐트러진다. 한쪽 발을 들게 되고 어설프면 쉽게 넘어질 수 있는 여건을 지닌다. 오르막 내리막길 마트 앞에도 세탁소 앞에도 정차하는 횟수가 많은 게 큰 단점이다. 유난히 흔들리는 몸은 운전자의 기술이 부족함도 있을 수 있지만 이면도로 사정 때문이라 믿는다.

허리협착증을 치료한 적이 있다. 어느새 이순을 넘어서인지, 근력이 떨어져 몸의 중심잡기가 예전과 확연히 다르다. 의자에 앉는 것이 좋다. 지하철 승차 무료 탑승자가 된 지도 으래되어 그럴만하다고 받아들인다. 허리와 다리를 생각해서 버스를 탈 때면 안전을 먼저 염두에 둔다. 마을버스 탈 때는 신경을 조금 더 쓴다. 오늘 아침에도 그런 생각을 하며 앞쪽에 앉았다. 아픈 후부터 습관처럼 먼저하는 행동이 의자에 앉기다.

여느 때는 가능하면 앞쪽 의자는 피한다. 매번 내가 선호하던 뒷자리가 눈에 들어왔다. 그래도 그날만은 맨 앞쪽 의자에 앉고 싶었다. 조금 이른 시간이라 연세 높은 분이 탑승할 확률이 낮다고 나름 계산했다. 그런데 두서너 정류소가 지났을까. 하얀 머리에 중절모 쓴 할아버지가 탑승했다. 지팡이까지 들었다. 나는 반사적으로 일어섰다. 그날은 이변이 없겠지 하며 앞쪽에 앉았던 게 잘못이었다.

연세 많은 할아버지께 자리를 양보하고 핸드폰과 가방을 들고 일어섰다. 버스 손잡이에 의지했지만 몸은 이리저리 흔들리며 중심잡기가 힘들었다. 차내에서는 낙상을 막으려는 배려처럼 안내방송이 나온다. 이동 시 손잡이를 꼭 잡으라고 친절을 베푼다. 그때였다. 앉아 있던 청년이 미소를 머금으며 자리에서 천천히 일어섰다. 나에게 앉으라고 하며 자리를 양보했다.

나는 손사래로 사양했다. 그러나 젊은이는 재차 손짓하며 앉길 권했다. 고맙고 미안했다. 내 처지가 연로한 어르신에게 자리 양보받을 형편이 아닌데 착한 척한 것 같아 겸연쩍었다. 웃으면서 권하는 젊은이의 고마움은 배가 되었다. 마음의 빚을 안고 다시 앉은 자리가 할아버지 바로 뒷좌석이었다.

내 마음은 아직 젊음으로 가득하다. 얼굴 피부를 봐도 경로우대를 받을 때는 아니다 싶다. 흰머리가 나고 머리카락도 가늘어지고 노화는 계속 진행 중이지만 겉으로 보이는 모습은 경로석에 앉아 버티기에는 아직 어렵다. 직장에서도 젊은 동료들의 입에 오르내리기 싫어 최대한의 예의를 갖춘다. 업무는 정확하게 해둔다. 웬만한 문서는 젊은 사람에게 손 내

밀지 않고 스스로 한다. 일찍이 컴퓨터로 문서 작성하는 법을 배워 둔 것도 참 다행이다.

　요즘 어디서나 컴퓨터로 하는 일이 많다. 음식 주문하는 것도 키오스크 단말기로 하는 곳이 많아졌다. 오래전부터 신세대와 구세대의 생활방식이 달랐지만, 요즈음 식당도 젊은이들의 취향에 맞춘 음식점이 늘어난다. 사람과 마주 보면서 주문하던 메뉴를 모니터에서 주문하고 음식을 기다린다. 빠른 속도로 변화하는 세상을 따라 가자니 힘이 달린다.

　마을버스는 지하철 1호선과 2호선을 쉽게 탈 수 있도록 이어준다. 대부분의 승객은 지하철로 환승하는 사람들로 꽉 찼다. 짧은 승차 후 하차할 때까지 복잡하다. 몇 개의 정류소를 지나는 동안 몹시 흔들리며 주택 골목길을 다 빠져나왔다.

　큰 도로 2호선 지하철역 정류소까지 걸린 시간은 10분 정도의 거리다. 나는 젊은이 덕분에 편하게 앉아서 온 셈이다. 지하철역에 도착하니 많은 사람이 하차했다. 그러나 젊은이가 내리지 않았다. 나는 목적지가 되기도 전에 일어서 출입문 쪽으로 갔다. 내가 일어서고 젊은이에게 다시 앉아 갈 것을 권했다. 마음이 한결 가벼웠다.

차장밖에는 시내버스가 달린다. 큰 도로에서는 마을버스도 힘들지 않다. 얼마 뒤 젊은이는 큰 마트 앞에서 내렸다. 나의 목적지보다 한 정류소 먼저 내렸다. 다음이 종점이다. 내가 자리를 양보했던 할아버지는 종점인 시청역까지 가는 모양이었다.

어느 날, 시내버스 안에 젊은 여자가 양손에 물건을 잔뜩 들고 서 있었다. 물끄러미 서서 쳐다보던 남자는 요즘은 문화가 많이 바뀌었다고 말했다. 예전에는 앉은 사람이 짐을 받아 주고 했는데 언제부턴가 짐을 맡길 생각도 받아줄 마음도 없다는 듯 말했다. 예전에 짐을 받아주는 배려문화를 논했다. 공감하는 말이다. 나도 가끔 물건을 들고 대중교통을 이용한다. 가능하면 젊은이들 앞에 서지 않는다. 중심을 못 잡고 흔들리는 모습이 스마트폰에 열중인 그들에게 오히려 방해가 될 것 같아서였다.

버스 안에서 스마트폰에 푹 빠져 있는 그들의 모습은 일과가 연장됨을 느낀다. 어떤 사람이 타고 내리는지 관심조차 없는 세상이다. 오죽하면 마을버스 기사가 양해를 구하는 멘트를 할까 싶다. "불편한 분에게 자리 양보 좀 해주세요."라고. 스마트폰 사용은 이미 오래전 습관화돼 버렸는지 모른다. 스마트폰이 사회에 많은 정보를 주고 편리를 제공한 물건임은 누구도 부인할 수 없지만, 사람과 사람 사이의 인정을 외면하게 한 주범이 스마트폰이라 해도 과언이 아니다. 누구를 탓할 수 있을까. 이것도 새로운 문화라고 받아들일 수밖에 다른 방법이 없지 않을까.

아침에 만난 젊은이에게 왠지 미안한 마음과 고마운 마음이 더 크게 와 닿는 하루였다. 우리는 대중교통 탑승 시 노인이나 임산부에게 자리를 양보하는 미덕을 배웠다. 하지만 언젠가부터 자리를 양보하지 않는다고 어르신이 고함치며 젊은이들을 나무라는 경우도 더러 보아왔다. 이런 시대에 서슴지 않고 내게 자리를 양보한 그 젊은이의 뒷모습이 얼마나 멋졌는지 오늘은 괜스레 마음이 싱숭생숭하다.

물건을 받아주던 그때를 문화라고 옛이야기 하듯이, 훗날 스마트폰을 사용하는 버스 안의 이런 풍경도 하나의 문화였다고 말할 시대도 멀지 않을 테다.

섬 속에 섬

 주차장이 섬처럼 보인다. 섬 속에 들어있던 자동차 한 대가 움직인다. 자동차는 아슬아슬하다. 쉬고 있는 자동차에 부대낄까 봐 더 신경이 쓰이던 그때, 자동차 틈새로 한 여자가 지나갔다. 운전석에 앉은 남편은 핸들을 움직였다. 그녀의 모습을 본 후, 누구랑 닮았다고 말하는 중에 자동차 부딪치는 소리가 났다. 차는 멈추어 섰다. 침묵 속에 잠긴 섬을 뒤흔들어 놓은 그가 자동차에서 다시 내렸다.
 자동차 사이의 폭이 좁다. 매일 잘 빠져나가던 걸 살짝 옆구리를 쳐버렸다. 부딪쳤다. 이쪽저쪽 자동차를 살폈다. 남편은 늘 종이 한 장 차이 간격만 있다면 포개지지 않는다는 자신감도, 빠져나가는 데 전혀 문제없다던 남편 운전실력도 다 빗나갔다. 길 가는 한 여자를 쳐다본 대가에 큰 값을 내야 할 판이었다. 순식간에 신사임당 지폐가 눈앞에 아른거렸다.

전날 밤에 입구 쪽으로 주차하자던 내 말을 들었더라면, 나홀로 대중교통 출근하겠다는 말을 들어 주었더라면, 기어이 일을 내고 만 남편의 고집이 밉다. 화가 막 치밀어 오르는 걸 참고 또 참았다. 아내 출근길을 편하게 해주려 한 배려였으니 더 넓은 가슴으로 품고 입은 닫았다. 조심하다가 사고를 낸 걸 알고도 매번 현실적인 감정에 빠져들고 만다.

아침부터 화내기에는 지난 밤에 들은 생활 법문 시간이 아깝다. 그냥 돈으로 해결하는 수밖에. 적든 많든 자동차 주인이 돈을 요구하는 금액만큼 지출할 수밖에 없다고 마음을 정리했다. 뒤숭숭한 감정을 억누르고 택시를 타고 출근하려는데 남편이 또 고집을 부렸다. 끝까지 출근시켜 주겠다고 하니 더 불안했다.

부딪친 승용차 안을 들여다보았다. 명함 한 장에 전화번호가 깨알처럼 새겨져 있었다. 휴대전화 카메라로 숫자를 찍었다. 그 숫자를 확대하여 읽고 전화했지만 자동차 주인이 아니란다. 더 불안해졌다. 나는 무지무지 불안한데 그이는 승용차의 핸들을 다시 잡았다. 출근 후 해결하면 된다며 막무가내 뚝심을 내세웠다. 황소 같은 그놈의 고집을 꺾지 못했다. 사고지점을 벗어난 사이 자동차 주인이 뺑소니차로 신고하면 어찌할 건가. 내 마음속은 온갖 불길한 상상으로 가득 차올랐다.

무슨 사건이 일어났을 때 마음의 평정을 찾는 일이 아주 중요하다. 화낸다고 나갈 돈이 줄어드는 일이 아니라면 감정을 조절하는 편이 건강에도 좋다. 그냥 이보다 더 큰 사고에 비유하며 출근길에 나섰다.

직장에서 우두커니 서서 창밖을 바라보고 섰다. 과거는 현재가 될 수 없고, 현재는 과거가 될 수 없다면 나쁘게 생각할 필요는 없다고 빠른 결정을 내렸다. 돈은 돈대로 손해 보고 얼굴에 굳은 주름을 띄우는 것은 아무 이득 없는 장사일 뿐이다.

출근 시간이 한참 지나고 전화벨이 울렸다. 자동차 주인은 옆집할머니 아들이란다. 우선 아는 사람이어서 안도의 숨이 나왔다. 손해 본 돈을 생각하며 잔소리하지 않은 아침이 얼마나 고마운지 모른다. 적든 많든, 십만 원이든 오십만 원이든, 요구대로 해결할 수밖에 없는 일이라고 빠르게 단념했었던 나를 칭찬했다. 다치지 않음에 감사의 기도를 올렸다.

옆집할머니 아들은 자동차 관련된 일을 하고 있으니 별문제 없다고 먼저 말해주고 조금도 신경 쓸 일이 아니란다. 차 주인이 과한 금액을 요구한다 해도 지출할 마음까지 먹었는데 세상에 이렇게 너그러운 사람도 있나 싶어 마치 남편으로부터 큰 보상받는 날처럼 기뻤다.

  자동차의 접촉 사고 때, 대부분 자기 이익을 먼저 챙기려고 머리를 쓴다. 상대방 잘못을 조금 더 높여서 보상 받으려는 사람도 만난 적이 있다. 남편은 손해만 보고 다니는 쪽이다. 그럴 때마다 불만을 털어놓곤 했는데, 남편이 품앗아 놓은 걸 보상받은 심리라고 할까. 내가 약간 손해보고 사는 것처럼 느껴져도 이런 날도 맞이할 수 있음에 감사했다.

  퇴근 후, 참깨 한 되와 사과 한 박스를 사 들고 옆집할머니를 찾아갔다. 얼굴에 주름도 없고 해맑은 표정으로 곱게 늙으신 할머니. 따뜻한 미소가 우리를 맞이했다. 귀한 참깨라며 너그러운 맘으로 이해해 주었다.

  자동차와 관련된 일을 하며 재능 기부하듯이 배려해 준 그 맘은 좋은 일이 좋은 일로 이어짐을 일깨워 주어 더 고마웠다. 섬 속에 서 있어도 외롭지 않을 만큼 좋은 이웃사람의 정을 듬뿍 느꼈다. 기분 좋은 하루였다. 특별히 운이 따랐던 날이라고 소중히 기록해 두었다.

명품

여자의 옷차림은 영 생뚱맞다. 모습은 한국인인데 외국풍이다. 프라다 핸드백에 샤넬 마크가 커다랗게 붙은 구두까지 신었다. 옷 역시 유명브랜드라 짐작됐다. 목에 두르고 있는 머플러 역시 명품이다. 유명한 브랜드가 그녀를 누르고 여자의 모습을 저울질하고 지나간다.

요즘은 명품이 일반인에게 널리 알려진 사회 분위기이다. 브랜드의 부러움은 잠시다. 나는 명품을 선호하는 편이 아니다. 어떠한 제품광고도 눈 여겨 보지 않는다. 성격 탓도 있지만 브랜드를 짊어지고 다니는 것보다 그저 편하고 평범한 것이 좋다.

명품을 찾아 백화점에서 자주 시간을 보내는 지인들은 매월 모임 날이면 명품에 관한 이야기를 빠뜨

리지 않는다. 아주 자연스럽다. 백화점 명품관에서 옷과 구두와 백을 고르는 일이 취미인 그녀들은 그것이 일상이고 즐거움이니까. 그들은 백화점 VIP 고객 대접받으며 마시는 한 잔의 차도 여유와 함께 어우러져 더 돋보인다.

쇼핑은 만족감이다. 남편은 브랜드를 선호하는 편이다. 얼마 전 배낭을 샀다. 의류는 물론이고 사소한 물건도 브랜드를 고집하는 편이다. 높은 가격의 가치만큼 만족감이 빨리 떨어진다. 구매한지 얼마 지나지 않아 한쪽 구석으로 밀어버릴 때 즉흥적으로 물건을 사는 것만은 피하도록 몇 번 만류해 보았다. 그 일도 반복하다 보니 서로 감정만 나빠진다. 이제는 그냥 각자의 취향대로 살자고 체념하니 그만큼 편해졌다. 명품 값에 으쓱대던 그가 뜻밖의 할인에 충동구매한 것이었다고 믿고 싶다.

친구 셋이서 가끔 만난다. 가수의 콘서트도 보고, 카페에 앉아 이런저런 일들을 차와 함께 담아낸다. 심상이 다른 듯해도 비슷한 부분이 많다. 같은 건 또래 아들을 두었고 또 가장 공감대가 형성되는 건 맏며느리 위치라는 것이다. 제사를 지내며 조상을 섬기는 마음에 맞장구친다. 다른 건 각자에게 주어진 경제력이다. 취미로 여행가는 일은 국외든 국내든 공감대로 형성한다.

A는 여행도 자주 다니며 돈을 적절하게 쓸 줄 아는 사람이고, B는 미래를 위해 준비해두는 것이 알토란 같은 사람이다. 둘은 낭비와 사치를 하는 사람은 아니다. 하지만 나는 세상을 적당히 즐길 줄 아는 A의 사고방식을 B의 생활보다 좋아한다. A는 좋은 것 보면 사고, 맛있는 것 있다면 먹으러 다닌다. 그걸 혼자만 하는 게 아니고 주변 사람과 공유한다. 그런 마음 씀씀이가 더 마음에 든다. 교만한 티를 낼만도 한데 전혀 그렇지 않다. 풍부한 경제력으로 명품관을 드나들며 마음까지 명품이 되고자 한다.

셋의 만남을 이어오기까지는 A의 두드러진 성격 덕이다. 문화생활을 즐길 기회를 자주 만들어낸다. 만남에는 누군가의 희생 같은 배려가 중요하다. 오랫동안 만남은 A의 역할이 크다. 특별한 장소가 있으면 하룻밤을 같이 지내는 일도 부담 없이 주선했다. 어느 곳이든 행사 할인 혜택이 있으면 A는 무엇이든 나눈다.

셋이 만나면 행복의 기준에 공감하는 데 의미를 둔다. 부자나 가난한 사람의 삶은 별반 차이가 없다고 말하며 서로를 껴안는다. 인생의 조건을 서로 존중하는 편이다. 경제적으로 풍족한 사람이나 돈이 적은 사람도 행복의 척도는 조금 다를 뿐이다. 삶에는 한 가지씩 부족함이 있으니 교만해질 수 없고, 교만해서도 안 된다는 철학 같다.

셋이 만나면 눈길을 사로잡을 만큼 우아한 몸매를 지닌 둘은 실제로 내면에 비추어지는 면모가 더 명품일 때가 많다. 겉으로 드러나지 않는 정신세계도 명품이다. 명품이란 남이 누리지 못한 경제력이 제품으로 드러나는 대상일 수도 있지만, 겉으로 보인 제품이 아니라 안으로 느낄 수 있는 만족감의 쾌감이 아닐까. 온몸을 명품으로 갖추고 어색한 모습보다 내면세계를 꽉 채운 두 사람을 보면 늘 찬사를 보내고 싶다.

남을 배려하고 베푸는 행동까지 명품처럼 보이는 그들을 만나는 날은 나도 찬란한 꽃이 된 기분이 든다.

청량사 하늘다리

청량산 도립공원 입구에 도착했다. 입석마을에서 청량사로 가는 길은 무난한 등산로지만 가파르게 오르고 오르는 산길이 생각처럼 짧지 않다. 평지인가 싶으면 오르막길이고, 다 왔다 싶으면 한 등성이 나타나는 묘한 산속의 흐름이 연속이다. 하늘 아래 중앙산맥에 솟아있는 청량사가 눈 앞에 보인다. 나무와 숲이 그리고 바위들이 어우러진다. 산을 오르는 순간순간 한숨을 길게 쉴 때가 많아서인지 정상에도 달하고 나면 성취감은 두 배다.

  사찰은 봄이면 연꽃잎 초록이, 여름이면 신록이, 가을에는 단풍이 병풍처럼 두르고 있다. 펼쳐진 산세로 유명하다. 청량사 절경은 여유와 미묘한 흥취가 스며들었다. 염불소리, 목탁소리는 어느 사찰이

나 다름이 없다. 똑같은 듯 해도 점점 다른 절경 속으로 빠져든다. 경내를 쭉 둘러보고 아래쪽을 바라본다. 비스듬히 놓인 몇 개의 구유가 인상적이다. 나무통에서 흘러내리는 물줄기는 느림의 속도가 맑은 세상을 연출한다. 뜸직한 소의 여물이 담긴 옛 구유를 떠 올려본다.

  소가 묵묵히 들판을 가르며 땅을 일군다. 무거운 몸을 이끌고 느릿느릿 걸어가지만 그 힘과 꾸준함은 농부의 삶에 없어서는 안 될 존재다. 한낮의 뙤약볕에도, 쏟아지는 빗속에서도 소는 쉬지 않고 자기 길을 간다. 그 모습에서 우리는 인내와 헌신, 그리고 흔들리지 않는 성실함을 배운다. 소는 여물을 한입씩 담아 씹고 또 씹기를 수없이 한다. 늘 되새김까지 하며 고개를 이쪽저쪽 돌리던 소의 생을 새삼 더듬어 본다.

  사찰에 있는 구유는 겸손함의 상징이다. 단단한 나무로 만들어진 작은 나무통은 무언가를 담기 위해 존재한다. 비록 모양은 소박하고 겉으로는 특별함이 없어 보일지라도, 그 안에 어떤 생명이나 보물이라도 담을 수 있다. 구유는 자신을 낮추고 천천히 채워짐을 기다리는 그릇이다.

소와 구유는 서로 닮은 듯 다르다. 소가 힘과 움직임을 상징한다면, 구유는 받아들이고 품는 겸손함을 지닌 물체다. 하지만 둘은 모두가 알지 못하는 삶의 중요한 진리를 지닌 존재다. 힘만큼이나 중요한 것은 그 힘을 어떻게 쓸 것인가이며 가진 것만큼이나 중요한 것은 무엇을 담아낼 것인가라는 사실이다.

 그때다. "하늘다리가 궁금하잖아." 그가 물어온다. 청량사에서 하늘다리까지 1.3km라고 적혀 있다. 과한 욕심이라고 손사래를 친다. 산에 오르지 않은 기간이 오래된 것은 잊은 채 공연히 부리는 호기 같다. 하늘다리까지 가자고 잡아당기는 그에게 어떤 변명도 통하지가 않는다. 그는 평소에 하고 싶은 일은 곧잘 밀어붙이는 편이다. 그때마다 남편에게서 입발림 소리가 나온다. 이번에 안 가보면 평생 못 가본다는 말로 상대방을 자극한다. 매번 고통이 따라도 못 이기는 척하고 협조해 준 일이 몇 번이던가.

 갑자기 제주도 한라산 백록담이 떠올랐다. 눈 내리던 날, 백록담까지 오를 때 고산증후군이 나타나 죽음이 눈앞에 보였다. 그 고통을 전혀 이해 못 하던 그가 미웠다. 일행과 뒤떨어져 쉬엄쉬엄 올라갔던 일이 지금은 아름다운 추억으로 떠오르곤 하지만, 과한 그의 욕심은 혹독한 대가를 치른 다음에 이루어졌다.

　오늘도 결국 청량산 하늘다리로 향한다. 하늘다리를 찾아가는 데는 입장료가 없다. 힘겹게 가파른 산길을 한걸음 한걸음 내딛고 있다. 위쪽을 쳐다보니 여러 개의 계단이 수직으로 압박한다. 하늘다리까지 오르는 길이 멀고도 험하다. 숨을 몰아쉬며 한발짝 한발짝 내딛는다. 부담감이 크다.

　내가 그러거나 말거나 그이는 마냥 즐거운 모양이다. 앞서 계단을 오르며 초록잎 춤사위로 하늘이 보인다며 환호성을 지른다. 그리고 재촉한다. 나는 몸도 마음도 천근만근이 되어 자꾸 가라앉는다. 또다시 오르니 한라산 오를 때처럼 힘이 든다. 호흡 박자가 맞지 않는다. 숨을 들이고 내쉰다. 마음과 마음의 불협화음을 숨 고르기로 맞춘다.

　우리의 불협화음은 남편의 뜻대로 할 때 매번 찾아온다. 여태 맞추어 살아온 내가 싫다. 하늘다리까지 완강하게 반대하고 나면 그냥 내려간 순간부터 불 화음이 일어난다. 그이의 욕심이 내 발등에 눌려 앉았다. 계획에 없는 오르막산행은 나를 짓누른다. 늘 그랬다. 등산에서 오르막길과 내리막길을 만나듯 인생도 같은 맥락이다. 알면서도 욕심을 부리고 욕심 때문에 아주 힘든 경지에 서 있는데도 내려놓지 못한다. 그래도 내가 들어주고 믿어주고 한 덕분에 여기까지 왔다.

그동안 남편 말에 일관되게 응해준 나 자신이 대견하다고 스스로 위로한다. 위에서 다정하게 부부가 내려온다. 그들은 오르막길에 지쳐서 힘들어하는 내게 목적지가 가깝다고 말해준다. 용기와 위로의 말처럼 들린다. 그 부부의 한마디는 배려로 전해진다.

불현듯 생각에 잠긴 그이 뒷모습이 눈에 들어온다. 세월의 흐름 사이 예전과 다름이 스며있다. 배려하는 마음을 등에 짊어진 채 천천히 계단을 밟으며 걷다가 내 쪽으로 돌아본다. 순간, 그의 욕심이 숨어버린다. 내가 이기적이었다는 걸 깨닫는다. 내 중심적인 사고를 낭떠러지에 던져 놓고 천천히 뒤따라 간다.

하늘다리가 보인다. 이쪽 산봉우리와 저쪽 봉우리를 이어주는 다리 아래 별천지가 펼쳐진다. 우리의 사랑이 하늘다리에 높이 엮여 팔랑거린다. 부부란 있는 듯 없는 듯 서로 평행선을 걸어가는 것 아닐까 싶다. 나를 위한 사랑이 가끔은 지나쳐 오해를 산다. 남편을 야속하다고만 한 생각을 바꾸고 나니까 한결 마음이 가볍다.
 청량사도 하늘다리도 우릴 응원해 준다.

그 방에 가면

하루의 피로가 다리로 다 쏠렸다. 다리가 퉁퉁 부었다. 저녁마다 붓는다는 걸 알았다. 서서 근무하고 나면 다리를 만져서 풀어야 한다는 생각은 못 했다. 피로감이려니 하고 그냥 넘겼다. 병원을 찾을 만큼 고통스럽지 않고 자고 나면 괜찮았다. 뒷날 가벼워진 다리로 또다시 일터에 섰다. 반복되는 일상에서 다리 붓는 걸 병이라고 생각지 않았다. 한의원과 병원을 찾아 갈 생각은 한 번도 갖지 않았다.

틈나면 성지공원 둘레길을 걷는다. 나무와 숲이 잘 어우러진 둘레길을 혼자가 아니고 둘이라서 더 좋은 산책길이다. 둘레길을 함께 걷기로 한 지인이 오랫동안 다닌 한의원에 같이 가게 됐다. 한의원 방안에 등받이 의자가 보였고 몇몇 사람이 기다렸다. 사암침 맞겠다고 다리를 쭉 뻗고 앉아 있는 모습이 생소했다. 지인은 허리와 다리가 아파서 사암침을 오래도록 맞았다고 했다. 사암침은 일반 한의원 침과는 다르다고 생각은 했어도 구체적인 것은 알지 못했다. 다만 아픈 부위와 반대쪽에 침을 꽂아 주는데 효과가 좋다고 전해 주었다.

접수하고 등받이 의자에 등을 기대고 불편한 다리를 쭉 폈다. 퉁퉁 부은 다리가 그대로 노출됐다. 하얀 종아리가 통무 한 개처럼 보였다. 앞에다 통무 한 개 놓고 의사를 기다리는 기분이었다. 처음이라 어색했다. 이방 저방 쳐다봐도 같은 자세로 침 맞기를 한다. 기다리고 있는 환자들과 내 종아리와 비교했다. 나와는 다른 종아리와 잘록한 발목 선이 눈에 들어왔다.

사암침은 처음이었다. 한의사가 내 앞으로 왔다. 한참 다리를 보더니 아주 난감한 표정을 지었다. 첫마디가 무지한 사람이라고 나무랐다. 기계를 쓰고 관리하지 않는 사람과 똑같단다. 몸을 기계에 비유했다. 다리를 주물러주고 마사지도 해주고 풀어주어야 함을 강조했다. 혈액순환도 잘 된다고 수차례 설명했다. 기계사용을 잘 할 만한 사람이 무식하게 사용한 벌이라도 내리듯 계속 꾸짖었다. 심하게 부은 종아리를 힘껏 눌렀다. 통증이 심했다. 비명이 저절로 나왔다. 한의사는 종아리에서 손을 떼지 않았다. 너무 아파서 손을 억지로 밀쳐냈다. 한의사의 초진은 꾸중에서 꾸중으로 끝이 났다.

  신입생이 아무것도 모른 채 떠들다가 꿀밤 하나 맞은 느낌이라고 할까. 철없는 아이가 떼쓰다가 실컷 야단맞은 기분까지 들었다. 몸에 대해서 아무것도 모른 채 사암침은 맞겠다고 따라온 걸 후회도 했다. 뭉친 근육이 부종의 원인이라고 점찍었다. 집에서 매일 만지고 만져서 풀어오도록 숙제까지 내주었다. 싫지 않았다. 한의원 첫 진료는 입학식에서 신입생이 반성문부터 쓰고 수업을 받는 심정으로 한 시간 동안 침을 맞았다.

  나는 걷기는 해도 다리를 위해 사후서비스는 하지 않았다. 핸드폰 쓰고 나면 충전하듯 뭉쳐진 근육은 하룻밤 자고 나면 충전된 걸로 알았다. 마사지 정도는 해주어야 했다. 다리를 위한 서비스도 따로 시도한 적이 없다. 근로자의 의무처럼 다리의 역할도 의무로 무관심했다. 직원의 노고를 알아주지 못하는 고용주와 똑같았다. 어떠한 복지 혜택도 없이 매일 혹

사만 했다. 다른 사람과 동떨어진 다리 모양에 갑자기 내가 고약한 주인 같았다. 민망했다. 여럿이 앉은 체 침 맞는 한 시간 동안 여러가지 일들이 클로즈업 됐다.

　나는 야생화처럼 살았다. 태어날 때는 온실 속에 꽃이었다. 귀한 외동딸이었지만 일 앞에서 가만히 있지 못 했다. 웬만한 일은 예사로 해냈다. 직업적인 것도 있지만 성격 탓도 한몫했다. 내 할 일은 남에게 미루지도 않았다. 그만큼 건강한 편이었다.

　한의사는 혈이 잘 통하지 않으면 여러가지 병이 생길 수 있다고 덧붙였다. 그러니 다리를 매일 주무르고 풀어주어야 된다고 계속 강조했다. 한의원에는 나이 든 사람들이 대부분이었다. 아픈 부위의 고충을 들으면서 침을 놓는 한의사 나이는 오십을 바라본다. 젊은 의사라기보다 생활철학을 일러주는 철학가 같았다. 내 몸 상태를 알고 구체적으로 하나하나 설명해주는 친절한 한의사를 만난 셈이었다. 내 건강에 대해서 다시금 돌아보는 계기가 되는 날이었다.

　신체 어느 한 부분 중요하지 않은 곳이 없지만, 다리는 내게 큰 관심부분이었다. 유전적으로 체질을 닮는다면 퇴행성관절염이 빨리 올까봐 염려했다. 어머니의 관절염 앓는 소리가 나를 야생화로 키운 것이나 다름없다. 외동딸이지만 응석보다 일을 알아서 척척해야 하는게 습관이 돼 버렸다. 통증을 수없이 호소하던 어머니 앞에서 스스로 해야 하는 일이 많았다. 그러다보니 어떠한 일에도 남을 의지하지 않고 겁 없이 잘 견디며 해냈다.

  매주 수요일이면 한의원을 찾는다. 크게 아파서 병원을 가기보다 건강을 지키기 위해 침방에 앉는다. 이제는 몸이 무거우면 떼를 쓰기에도 좋다. 신체의 구조를 인생철학으로 풀어 내준 한의사에게 고마움도 크다. 마음 놓고 통증을 털어놓을 수 있는 방이다. 한 시간 동안 앉아서 침 맞으며 제각각의 사연은 드라마 같다. 이야기를 나누다 보면 또 다른 진리를 터득하는 날도 있다. 고충해소 방 하나 생긴 것 같아 아주 좋다.

  나는 오늘도 그 방을 찾아가기 위해 다리를 열심히 쓰다듬고 있다. 신입생티를 벗기 위해 종아리를 만지고 또 만진다. 사암침 맞기도 전에 종아리는 함박웃음을 머금는다.

시간을 담은 액자

지은옥(상은) 수필집

인쇄 2025년 10월 29일
발행 2025년 10월 31일

지은이 지순옥(상은)

펴낸곳 도서출판 샤인텔
주소 부산광역시 중구 보수대로44번길 14
전화 051)245-2337
팩스 051)245-2334
이메일 shine63@nate.com
출판등록번호 제 2011-000012호

※ 본 도서는 2025년 부산문화재단 지역문화예술육성지원 사업의 지원을 받아 제작되었습니다.

※ 이 책은 저자와의 허락없이 일부 또는 전부를 무단 복제 · 전재 · 발췌할 수 없습니다.
※ 잘못된 책은 바꿔 드립니다.

© 도서출판 샤인텔 2025. Printed in Korea
저자와의 협의에 의해 인지를 생략합니다.

ISBN 979-11-87500-23-0 (03810)

값 15,000원